Literaturwunderland Ungarn

Literaturwunderland Ungarn

„Wieder ein Buch aus dem Literaturwunderland Ungarn." Mit diesen Worten hat eine Kritikerin den neuesten Band eines ungarischen Autors in der Sendung des *Literaturclubs* vom März 2005 vorgestellt. Für eine Verlegerin mit ungarischer Muttersprache ist eine derartige Äußerung Musik in den Ohren. Umso mehr, da wir zu diesem Zeitpunkt gerade vier Werke ungarischer Autoren zur deutschen Übersetzung in Auftrag gegeben hatten. Diese Bewertung einer deutschen Literaturkennerin bestätigte unser Vorhaben und brachte die Idee, die neue Buchreihe unter dieses Motto zu stellen. Die Auswahl der Bücher – erzählende, gut lesbare, fesselnde Prosawerke aus der ungarischen, vorwiegend zeitgenössischen Literatur – soll diesem Bild weitere Nuancen hinzufügen, aber vor allem Lesefreude bereiten.

Magdolna Janni

Tamás Jónás

ALS ICH NOCH ZIGEUNER WAR

Erzählungen

Aus dem Ungarischen von
Clemens Prinz

KORTINA

Die Originalausgaben erschienen unter dem Titel
Cigányidők
BÁR KÖNYVEK, Szombathely 1997
sowie
Bánom, hogy a szolgád voltam
Romano Kher – Cigányház, Budapest 2002

Die Übersetzung wurde durch das folgende Programm gefördert:

Education and Culture

Culture 2000

Die Deutsche Bibliothek verzeichnet diese Publikation in der Deutschen Nationalbibliografie; detaillierte bibliografische Daten sind im Internet über http://dnb.ddb.de abrufbar.

Deutsche Erstausgabe

Herausgeberin: Magdolna Janni

Literaturwunderland Ungarn 001

Umschlagsfoto:
Kindheitsfoto des Autors

www.kortina.hu (www.kortina.eu)

ISBN 963 86269 6 8

Inhalt

I.

Zigeunerzeiten

Autos hielten hinter unserem Haus in Csernely und sie führten uns auseinander. Nach links und nach rechts, nach Norden und nach Osten. Meine Eltern hatten sich verschuldet. Damals kam man für Schulden noch ins Gefängnis. Sie – und wir auch. Mich brachte man in die Kinderstadt von Miskolc, in ein Kinderheim. Mama brüllte und weinte hinter den Gefängnisgittern, man solle ihr doch die Kinder nicht wegnehmen. Ein Mann mit häßlichem Gesicht wollte mich trösten, es würde mir gut gehen an dem neuen Ort, es gäbe Autos dort und viele Freunde. Autos gab es tatsächlich. Und auch viele, schon gebrochene Kinder. Sie führten häßliche Worte im Mund und sie sagten, sie wären schon seit Jahren hier und sowieso würde sie niemand abholen kommen, und einem der Buben zum Beispiel hätte man den Vater umgebracht, und er selber war auch sehr brutal. Jede Nacht träumte ich, es käme ein Engelein mit mächtigen Schwingen, und es würde mich, wie ein geflügeltes Pferd, auf seinen Rücken nehmen und zur Erde hinabrufen (so wie der Hahn zum Sultan im ungarischen Märchen »Der kleine Hahn und der diamantene Heller«): »Erde, du, gib mir meine diamantene Mari zurück!« Denn an Mari, meiner

Schwester, hing ich mehr als an jedem anderen, mehr als an Mama oder Papa oder wem auch sonst.

Es kam keine Hilfe. Ich schlief ein. Ich ahmte das Schnaufen meines Nachbarn nach, und wie er die Luft einsog und wieder ausstieß, regelmäßig, stellt ich mir Mari vor, wie wir zu Hause auf den Hügeln in Csernely sitzen und sie mir Geschichten erzählt, während sie von herzzerreißend romantischen Liebesabenteuern träumt.

Dazu muß man wissen, daß das Gehörtsich in Csernely, was die Heirat anging, fast unmenschlich war. Eines Tages blieb eine Armee von Autos vor unserem Haus stehen und nahe (oder weitschichtige?) Verwandte entstiegen ihnen, festlich gekleidet, in lauter Fröhlichkeit, wie es sich für eine Zigeunerfamilie gehört, und »ließen meinen Vater rufen«: Sie waren zur Brautwerbung gekommen. Vater wollte, daß Mari – des Friedens wegen – den Burschen heiratete, obwohl das Wichtigste zum Glück doch fehlte: Mari liebte einen anderen.

Mari wurde zur Jungfräulichkeitsuntersuchung gebracht. Das war eine richtige Beleidigung. Der Brauch duldete auch solcherlei, Vaters Ehrgefühl aber weniger, schon deshalb nicht, weil alle wußten, daß der junge Brautwerber alles andere als heilig war, schneidig war er, fesch, vielleicht konnte er deswegen nicht die Finger nicht von den Mädchen lassen. Vati hatte keinen Grund, seine Tochter nicht zur Jungfräulichkeitsuntersuchung zu lassen, er vertraute Mari nämlich blind. Die Karawane fuhr ab, wie sie gekommen war: mit großem Lärm und viel Tamtam. Jemand zeigte ein Ring herum: Schaut nur, das ist nicht irgendein Ring. Der ist soundso viel wert. Ich ahnte schon damals, in Wirklichkeit verlangte der Ring nach dieser Untersuchung und nicht der feste Schlaf des Bräutigams, denn alle wußten, daß Mari, das schönste Mädchen weit und breit, noch nie mit einem Mann gewesen war. Sie war rein und unverdorben. Nicht einmal in ihrer Kindheit hatte sie Böses getan, wenn wir davon absehen, daß im ganzen Dorf kein neues, weißes, luftiges Kleid, das zum Trocknen aufgehängt war, oder vor der Türe vergessene Stöckelschuhe vor ihr in Sicherheit waren; Mari ließ alles mitgehen, probierte es an und musterte sich dann tagelang im Spiegel, den sie am hinteren Ende des Hofes versteckt hatte. Dann war sie stets die Prinzessin. Und wenn sie dann kamen – und viele aus dem Dorf kamen regelmäßig zu uns, weil sie ahnten, wer der Übeltäter gewesen war –, trat Mutti vor sie hin, naß und schmutzig vom Geschirrspülen, Kochen oder Waschen, und rief nach Mari: »Meine Liebste, hast du die Kleider von der Labanc Mari genommen?« »Nein, Mutti, ich nicht. Ich nicht«, antwortete sie mit Tränen in den Augen. »Na, dann putzt euch, haut ab, mein armes Kind beschuldigen, sonst hau ich euch mit dem Nudelholz eins auf die Birne, daß ihr um Invalidenrente ansuchen könnt …« Und die Geschädigten trotteten davon, obwohl sie Mari sahen, wie sie mit dem frischen, sauberen Kleid davonrannte, oder sie sahen die feinen Stoffe im Schlamm unseres Gartens liegen. Dann war es schon zu spät.

Was für schöne Zigeunerzeiten das gewesen sind!

Mari lag tagelang in ihrem Bett und weinte, als weder Vati noch Mutti zu Hause waren, und sang uns traurige, sentimentale Rockballaden vor. Wir hörten ihr zu, sie weinte und alles war in scheinbar größter Ordnung. Die Mari war verliebt. Die Zsuzsi war verspielt. Oh, ja, die Zsuzsi. Was für schändliche Dinge mit ihr später geschahen! Welche Energien sie in mir wachrief; welche Freiheit sie mir zeigte; wie mutig sie immer gewesen ist! Wie eine richtige Partisanin! Sie traute sich zu rauchen, als die Zigaretten für alle noch strengstens verboten waren. Sie hatte stets Freunde, auch damals schon, als in der ganzen Familie noch niemand welche hatte, weil wir gar keine haben konnten: Wir kannten damals noch keine Seele. Ich war gerade sechs Jahre, als ein großer Sturm im Osten, genauer im Nordosten aufkam, unsere kleine Familie erfaßte und verblies; über die Donau, über die Theiß, über den Plattensee und uns schließlich im Westen, im Skandinavien des Ungarnlandes absetzte: in Szombathely.

*

Ich wußte nicht einmal, wie ich reden sollte. Schön oder ganz natürlich. Ich konnte sehr schön sprechen, meine Zieheltern in Miskolc hatten es mir beigebracht, ich konnte aber auch ganz normal reden – heute sagt man im Palotzen-Dialekt –, dann habe ich die schöne Rede wieder vergessen, weil es Mutti sehr weh tat, daß man ihr den Sohn genommen, ihn umerzogen hatte, und dann habe ich neuerlich gelernt, schön zu sprechen. In Szombathely lachten immer alle über jeden Tonfall, jedes Wort, jedes Lied, das ich meinem Mund entließ: »Soll ich dir vielleicht ein Stück von meinem Brote geben? Was is' denn das? Was!?« Ich konnte nicht entscheiden, so sehr ich auch wollte, was jetzt wertvoller, bedeutender wäre: das Ich, das Sie oder das Wir. Das Hier, das Dort oder das Nirgendwo.

Alle meine Geschwister fühlten das gleiche, und alle entschieden sie sich für das Dort, sie wußten, das Anderswo würde ihnen Ruhe und Frieden bringen, und wenn doch nicht, müßten wir dorthin zurückkehren, woher wir gekommen waren. Ein wenig Schande könnten wir schon ertragen. Deshalb begab es sich, daß meine Geschwister einzeln immer wieder ganz unerwartet nach Hause fuhren, wo man sie mit offenen Armen und voller Freude empfing. Die ersten paar Tage war immer alles in Ordnung. Dann kamen alte Gefühle hoch, sie wurden stärker, man erinnerte sich an alte Feindschaften – und aus dem Frieden wurde Krieg. Alle, die nach Hause flüchteten, mußten wiederum flüchten. Nach Hause. Wer weiß wohin. Nach Szombathely, kurzum.

Eine Zeit lang lebten wir dann mehr schlecht als recht. Von der Hand in den Mund. Von Tag zu Tag. Von Minute zu Minute. Und nichts geschah. Vati arbeitete. Mutti nicht. Später, als sie in einen Betrieb putzen ging, stritt Vati dauernd mit ihr: Sicher würde sie ihn dort betrügen, denn am Abend ist keiner mehr dort, da kann alles passieren. Und den Rest vom Tag, was machte sie den ganzen Tag? »Kein gescheites Essen. Dieser Eintopf? Friß ihn dir selber, Mami! Friß ihn, du verdammte Hur'!« Dann flogen Teller, brachen Gläser, Mutti weinte. Ich hockte in einer Ecke und fürchtete mich. Ganz klein hatte ich mich zusammengerollt, damit sie mich nicht sähen, sonst würden sie auch noch mit mir streiten. Auch mich gibt`s nur. Dann fing Vater an, Mutti zu schlagen. Sie war damals krank, wie so oft, vorher schon und nachher noch. Ich lief aus der Küche, aus dem Haus, lief Kilometer um Kilometer, um Hilfe zu holen; Mari, meine Schwester, wohnte nicht mehr daheim: Vati haut Mutti! Ich war völlig außer Atem und konnte die Tränen kaum zurückhalten. Ich glaubte, nicht nur Mari, sondern auch noch die Nachbarn würden aufbrechen, um Mutti den Klauen des wilden Tieres zu entreißen. »Sicher hat sie deinen Vater in Rage gebracht!« meinte mein Schwager und überlegte lange, ob er vom Fernseher gerade jetzt aufstehen sollte, da der Film nur noch eine Viertelstunde dauerte.

*

Ja, die Zsuzsi. Auch heute denke ich noch in größter Zuneigung an sie. Obwohl ich ihr lange nur den Beinamen geben konnte, von dem ich ehrlich überzeugt war: Hure. Was wußte ich damals von Beziehungen, von Gefühlen, von Spannungen und Eifersucht, was wußte ich von Auswegen ...! Zsuzsi riß oft von zu Hause aus. Manchmal wurde sie auch wieder erwischt. Hier und dort, in Zalaegerszeg, in Gesellschaft von Zufallsbekanntschaften. In Gesellschaft von Zufallsbekanntschaften. Was bedeutete mir das damals? Ich hatte irgendwo gelesen, daß die jüngsten Mädchen – Zsuzsi war damals dreizehn, fünfzehn Jahre alt – die Gesellschaft älterer Männer suchen, weil diese für frisches Fleisch sehr viel auszugeben bereit sind und im Bett wahre Meister, sie hudeln nicht, so wie die Jüngeren.

Mit einem Wort: Hure. Zsuzsi war eine Hure.

Ein bißchen stolz war ich schon auf sie. Da gehört ja was dazu. Eine Hure in der Familie. Und ich werde Dichter.

*

Und dann, zu Weihnachten, irgendwann, wurde wieder gestritten in der Familie. Wir mußten vor Vaters Zorn flüchten. Es reichte nicht mehr, uns einige Zeit bei unseren Bekannten in Szombathely zu verstecken, es war ein richtig großer Bruch nötig. Mehrere Wochen. So lange, bis Vati draufkäme, diese Familie ist die seine, unsere Probleme sind auch die seinen; damit er ein wenig einsam wäre und sich nach uns sehnte, damit er sich freute, wenn wir zurückkämen. Das wußten wir vier Kinder damals aber nicht. Wir glaubten, wir würden in eine andere Stadt ziehen, mit Mutti ein neues Leben beginnen, sie erzählte nämlich unerschütterlich von den unbegrenzten Möglichkeiten, von ihren Verwandten, die in Budapest wohnten und so unheimlich reich wären, daß in ihrer Wohnung tausende und abertausende Geldscheine einfach so herumlägen, in der ganzen Wohnung verstreut, und das wäre nur das Vermögen der Kleinsten, die gerade ein paar Jahre alt war, und immer nur weinen und klagen würde: »Das Geld ist schon so alt und häßlich und abgegriffen! Ich will neues haben!« Irgendwie glaubten wir ihr, aber doch nicht ganz. Die echten Märchen handeln nicht von Geldscheinen, sondern von Burgen, Adlern, von Kraft und Hirn, von Glück und Mut. Dann fragte ich Mutti, warum wir zu diesen Verwandten gehen müßten. Weil wir's dort besser haben würden. Das meinte sie, obwohl sie wußte, wir mußten nur deswegen weggehen, damit wir Vati fehlten, wir gingen, damit einige Wochen später die Familie wieder vereint wäre.

Schon die größten der alten Märchenerzähler wußten: die wahren Märchen handeln nicht von Reichtum und Glück, sondern vom Weg zu Reichtum und Glück. Dann stiegen wir in Budapest aus dem Zug, und in der Wohnung lagen wirklich viele tausend Forint herum, und das verwöhnte Mädchen meinte, als Mutti es fragte, warum es das Geld nicht zusammenklaubte, daß dieses schon alt und uninteressant sei, da hatte ich plötzlich genug von all dem Reichtum. Ich hob trotzdem einen Zwanziger vom Boden auf und steckte ihn ein, weil mir in den Sinn kam, daß wir noch ein paar Tage zuvor zwanzig Forint so bitter nötig gehabt hätten, um Brot zu kaufen. Ich dachte mir, das Geld höbe ich jetzt auf und wenn wir es dann brauchten, würde ich Mutti damit überraschen. Später habe ich es aber dann verloren.

*

Im Heim wollte man mich oft dazu überreden, die Hosen hinunterzulassen, mich vorzubeugen und einem älteren Buben zu erlauben, daß er mir seine Blaubeere in den Hintern stecken darf. (Seine Blaubeere. Vati hatte »ihm« diesen Namen gegeben. Und auch Gallapfel.) Ich erlaubte es keinem. Darum wurde ich verachtet, das interessierte mich aber nicht. Im Heim war auch ein kleiner Junge, vielleicht so alt wie ich, der sehr schmutzige Reden führte. Dauernd fragte ich ihn, was dieses und was jenes Wort bedeutete, er konnte es mir nicht sagen, aber ab und zu deutete er auf meinen Schritt oder machten seinen Schlitz auf und sagte: »Das ist der Schwanz.« Ich war davon überzeugt, daß seiner Schwanz hieße, meiner aber immer noch Gallapfel, und überhaupt: jeder hätte einen anderen Namen dafür. Eines Abend schlüpfte dieser Junge dann zu mir ins Bett und meinte: »Schwulen wir ein bißchen!« Schwulen? Warum nicht? Mir war ohnehin langweilig, weil wir uns immer früh schlafen legen mußten, dann starrte ich stets an den Plafond, stellte mir Maris Gesicht vor und konnte mir kaum die Tränen verbeißen. Auch malte ich mir aus, wie ich aus dem Heim davonlaufen würde: Wenn die Kinder nach dem Nachmittagsspaziergang zum Appell gerufen würden, versteckte ich mich hinter dem Brunnen im Hof, und wenn sie drinnen draufkämen, daß ich fehlte, hätte ich mich schon im Wald nebenan versteckt und rührte mich nicht von der Stelle, bis es finster wäre, dann würde ich mich zu den hohen Häusern schleichen, die ganz in der Nähe stehen, würde bei irgendeiner Familie klingeln und sie bitten, herauszufinden, wer ich bin, denn ich bin bloß ein Heimkind, ich weiß nicht einmal, wer meine Mutter ist, und ich möchte gern nach Hause, aber ich weiß nicht, wo das ist.

So klein kann ich nichts Böses getan haben, außer heimlich Bonbons vom Tisch meiner Pflegeeltern genommen zu haben, aber das auch nur, weil sie mich dauernd geschlagen und mir nie Süßigkeiten gegeben hatten; außerdem waren es nur ein verfluchtes Karamelbonbon, und dabei haben sie dem anderen Buben, der ihr eigener Bub war, ihr leiblicher Sohn, ihr lieber Junge, immer alles gegeben, er mußte nicht nackt und mit ausgebreiteten Armen auf den Steinen im kalten Vorraum sitzen, während sie sich drinnen, in der warmen Stube, den Zirkus anschauten im Fernsehen; er wurde nicht mit der Nase in den Hühnermist gedrückt, der liebe Bub, er mußte keine Erdäpfel schälen, und er wurde nicht mit siedendem Wasser übergossen, wenn er etwas angestellt hatte; er durfte abends schlafen, nicht wie ich; und ich wußte nie, was ich falsch gemacht hatte, und dem lieben Kleinen gaben sie anständig zu essen, und ihm rissen sie nicht die Haare büschelweise aus, und ihn verfluchten sie nicht, und ihn schlugen sie nicht, ihn schlugen sie nicht, ihn schlugen sie nicht, sie schlugen ihn nicht.

Ich versuchte wegzulaufen, ich wurde erwischt.

*

Es gibt so eine neue Theorie über die Entstehung der Welt. Eine Theorie, nach welchen Gesetzen sie funktioniert. Bisher haben wir geglaubt, es gab irgendeinen Urknall, unglaubliche Energien wurden freigesetzt und diese halten bis heute die Welt in Bewegung. So wie eine Bombe, wenn sie explodiert, wenn sie aufschlägt und in hunderttausend Splitter zerplatzt und die Teile, die Teilchen, die Splitter sich immer weiter voneinander entfernen, entfernen sich auch unsere Sternensysteme voneinander. Wer weiß, wie lange noch. Vielleicht für immer. Vielleicht nicht mehr lange. Alles kommt zur Ruhe und flitzt nicht mehr, in keine Richtung. Diese neue Idee, das Konzept geht davon aus, daß wir schon heute nirgends mehr hintreiben, fliegen, eilen, sondern wir nur mehr sind. Wir stehen still, wie wir stillstehen würden, wenn wir uns nach dem Urknall nicht voneinander wegbewegen würden. Wenn sie von dieser Theorie hören, lachen unsere in Konservendosen eingeschlossenen Wissenschaftler laut, nehmen ein Wundergerät zur Hand, das die Farbverschiebung im Spektrum der Sterne zeigt, die sich von uns entfernen; woraus jeder schließen kann: das Objekt entfernt sich von uns. Und nachdem die Untersuchung bei jedem anderen Objekt die gleichen Ergebnisse bringen würde, liegt auf der Hand: das Universum dehnt sich aus, oder: es hat einen Urknall gegeben. Basta. Ich glaub da schon eher an die zweite Variante: Wir stehen alle in einer gewissen Entfernung voneinander, doch das ständige Sich-Entfernen, das offensichtlich ist, kommt nicht von den riesigen Energien, die uns auseinanderjagen, immer weiter und weiter voneinander entfernen, hinein in die Ruhe des Nichts, oder uns näher bringen in die Einheit, an den einen Punkt, die Singularität, die nicht einmal Nichts genannt werden kann. Nein. Wird sind nur, wir existieren, und wie ein Stern mit großer Masse durch sein eigenes Gewicht in sich zusammenfallen kann, kann jedes Atom, jedes Teilchen unter seinem eigenen Gewicht zusammenbrechen. Ich glaube, das ist die Hauptsache, wenn ich sie hier auch schlecht vorgetragen habe.

Was ist nun Tatsache? Nicht daß wir uns voneinander entfernen ... Nicht daß die Entfernung zwischen uns, unter uns kleiner wird. Die Maße, die Größen werden kleiner. Wir fallen in uns zusammen. Das wird uns vom Kosmos aufgezwungen. Vielleicht. Der Alltag, so viel ist sicher, zwingt uns das Kleinerwerden auf jeden Fall auf, und mich interessiert gar nicht mehr, was jetzt die wahre Wahrheit ist, denn ich weiß: alles fällt in sich zusammen. Und die Entfernung von Seele zu Seele wird immer unüberwindbarer.

*

Mit vierzehn verliebte ich mich endlich. Was für Sachen hatte ich mir in Verbindung mit der Liebe früher vorgestellt! Liebe, geheime Treffpunkte, süßer, noch nie erfahrener Respekt zwischen zwei liebenden Menschen, in ihrer eigenen Welt. Mit zehn, elf Jahren zog ich durch die Straßen, starrte ständig vor mir auf den Asphalt, damit ich ja den Fünfhunderter, den ich vielleicht finden würde, nicht übersähe, einen Fünfhunderter, den ich – und darüber dachte ich gar nicht einmal nach – ausschließlich für Frauen ausgeben würde. In einer nahen Gasse kannte ich eine häßliche, einsame Frau, von der alle erzählten, daß sie sich für Geld zu jedem legt. Ich dachte mir, zu den »jeden« würde auch ich gehören, und die Frau würde diese perverse Sache vielleicht auch noch genießen, mit einem so jungen Buben, wie ich es war. Tagelang strich ich durch die Gegend, stierte Mädchen an, ob ihre Blusen, ihre Röcke etwas durchscheinen lassen, und es war mir auch nicht zu dumm, hübschere Mädchen eine halbe Stunde zu verfolgen, ohne jeden Plan, um sie noch ein wenig anschauen zu können, vor Augen zu haben, bis sie in der Tür eines erschreckend reichen Hauses verschwanden. Damals trug ich Lumpen auf dem Leib. Auch kann ich nicht behaupten, ich wäre sauber gewesen. In der Wohnung, wo wir in Untermiete wohnten, gab es zwar ein Badezimmer, doch ein aufrichtiger Mensch hätte es nicht einmal als Abstellkammer vermietet. Mein Gesicht sah aus wie ein getupfter Ball, meine Stupsnase war fleischig, so wie heute noch. So nach mongolischer Art. Die hab ich von Vati geerbt … Und er sie von … Na, das weiß keiner. Denn damals war die halbe russische Armee über das Dorf hergefallen. Es waren auch fesche Burschen darunter, in Csernely hatte es auch hübsche Zigeunermädchen gegeben, die Mädchen wollten Burschen haben und diese wiederum Mädchen. Meine Großmutter weiß von nichts. Sagte sie damals. Heute weiß sie wirklich von nichts mehr. Sie ist durch ihr abenteuerliches Leben verrückt geworden, durch die vielen Männer und die dauernden Entbehrungen, die Armut. Doch man muß sie deswegen nicht bedauern. Auch sie blühte dereinst schön. Heutzutage wankt sie – normalerweise nachdem sie ihre Pension bekommen hat – langsam die Hauptstraße des Zigeunerviertels entlang, fuchtelt mit den Händen und singt kaum verständlich, mit heiserer Stimme: »Ich wurde von allen nur enttäuscht, und keinem tu ich leid …«

*

Nach dem dritten oder vierten Versuch widerstand ich nicht mehr. Der Junge war zärtlich (wo konnte ein acht, neunjähriger Junge das wohl gelernt haben!). Dieses Vater-Vater-Kind-Spiel spielten wir danach jeden Abend, bis die Erzieher es merkten. Sie bestraften uns und versüßten damit unsere allabendlichen Umarmungen nur noch mehr. Den Jungen hab ich nie wiedergesehen, obwohl er so schön singen konnte und selbst sehr hübsch war.

*

Die Zsuzsi. Die Zsuzsi. Wie hab ich denn nur auf sie vergessen können? Sie war ein hübsches kleines Mädchen, als ich noch ein kleiner Junge war, und ich konnte mir nur eine Frau als meine Geliebte vorstellen, die ihr gleichschaute.

Wir wohnten in einer miesen Untermiete. Das Plumpsklo war am Ende des Hofes, und jeden Abend mußte man die schrecklichsten Qualen durchleben, weil man austreten hätte müssen, doch wer hat sich das als kleiner Bub denn getraut? Vor der Dunkelheit mußten wir uns ohnehin immer fürchten. Vati machte uns stets Angst mit den grausamen und hinterfotzigen Landstreichern, mit den entflohenen Häftlingen, die sich im finsteren Gebüsch versteckten und zu allem entschlossen wären.

Einmal – damals lebten wir noch in Csernely – waren nur wir Kinder zu Hause, wir spielten in der Küche, und damit wir nicht auf den kalten Küchenboden treten mußten, hatten wir die vielen Betten zu Schiffen ernannt, jeder von uns war irgendein Kapitän, wir führten Krieg, trugen Seeschlachten aus, laut, so laut, als würde der Himmel grollen. Damals hatten wir auch Hunde, zwei. Einer war bei uns in der Küche, der Dackel, den wir Freitag nannten, weil Vati ihn an einem Freitag nach Hause gebracht hatte, und aus der Tasche seines weißen Ballonmantels hervorgezogen hatte, wie man ein Säckchen Süßigkeiten hervorzieht, vorsichtig nahm er den winselnden, blinden Welpen aus seiner Tasche. Der andere war größer und eine Sie, darum nannten wir ihn Malbi. Malbi spazierte immer irgendwo im Dorf herum, auf sie konnte man nicht zählen, sie würde uns nicht verteidigen. Und dann, im Eifer des Spiels, hörten wir plötzlich Geräusche im Garten, was eigenartig war, weil unsere Nachbarn alle alt waren und sich immer zu jener Tageszeit schon schlafen gelegt hatten, und sich am nächsten Morgen dann immer furchtbar aufregten, daß es auch ein bißchen leiser hätte sein können, denn der Abend sei zum Schlafen da. Voller Neugier drückten wir uns die Nasen am Küchenfenster platt, am Fenster, von dem man geradewegs auf das Nachbarhaus sah, in dem Tante Mari wohnte (übrigens hießen die Nachbarinnen auf beiden Seiten Tante Mari, hier ist jetzt von der älteren die Rede), und dabei sahen wir, wie ein Fremder das altersschwache Gartentor aufdrücken wollte, das Gartentor, auf dem ich immer herumkletterte, schaukelte und ganz außer mir vor Freude sang: »Schaukel, Schaukel, scheia, Ostern eß ma Eier, Pfingsten eß ma g'schmalznes Brot …«, darauf wartend, daß Tante Marika hinter ihrer dicken Brille, die an die Glasberge im Märchen erinnerte, fragte: »Magst ein Schmalzbrot, Tamáska?« »Ja!« sagte ich schnell. »Bitte!«

berichtigte mich die Tante, doch da schlurfte sie schon ins Haus und holte eine dicke Scheibe Brot, auf die viel Schmalz geschmiert war. Und manchmal war sie mit ein wenig Paprikapulver bestreut.

Es stellte sich nie heraus, was dieser Mann damals gewollt hatte, weil nirgendwo etwas fehlte und auch keiner umgebracht worden war. So plötzlich, wie er gekommen war, war er auch wieder verschwunden. Wir gingen dann seinen Fußspuren nach, die in Richtung der Krautfelder führten, doch auf einmal, als ob der Mann in den Himmel aufgefahren wäre, hatten sie ein Ende. Das war ein großes Wunder. Wochenlang dachte ich darüber nach, und ich konnte nicht verstehen, warum sich kein anderer dafür interessierte. Als ob alle akzeptiert hätten, daß es Gesetze gibt, von denen wir nicht wissen, wie sie aufgehoben werden, geschweige denn, wie sie entstanden sind oder wie wir sie überhaupt erfahren. Damals spürte ich schon: es gibt irgendein großes Problem mit dem Sein. Das weiß ich auch heute noch. Aber heute weiß ich mehr: dieses Problem kann nicht gelöst werden.

All dies erzähle ich übrigens nur, damit ich endlich meine Geschichte fortsetzen kann: wie sehr wir in so brenzligen Situationen aufeinander angewiesen waren – seelisch und körperlich. Seelisch vielleicht doch nicht, doch körperlich über alle Maßen, es waren die schönsten Augenblicke, wenn ich Zsuzsis blasse Haut zu sehen bekam, ihre Rundungen, von ihren Knöcheln bis hinauf zum Flaum zwischen ihren Schenkeln. Oder manchmal, als sie mich umarmte, und ich ihre kaum vorhandenen Brüste und die harten Brustwarzen spürte, entriß ich mich – fast von Sinnen – ihren Armen, lief bis ans Ende des Gartens und tranchierte ein, zwei fleißige Bienchen. Nach solch einem Erlebnis konnte ich abends kaum einschlafen, ich wälzte mich im Bett lange hin und her und hörte dann auch noch die Spiele meiner Eltern und wollte nicht verstehen, warum sich Mutti immer sträubte.

*

Aus Csernely zogen wir bald fort. Die Erde brannte unter unseren Füßen, meine Mutter und mein Vater schämten sich für ihre Sünden, für Sünden, denen man heute schon eher mit Anerkennung und Sympathie begegnet: Hey! Wie hast du das wieder gemacht, woher hast du das Geld, Alter? Meine Eltern hatten sich verschuldet. Damit war ihre Ehre verloren, ihr Hab und Gut weg und auch die Heimat war für sie passé. Wir gingen nach Szombathely.

Dann erreichte ich das Alter, in dem ich mich entscheiden mußte, was ich denn jetzt mit mir anfangen würde. Ich fühlte noch etwas vom Zigeunerblut in mir, das mir diktierte, nichts zu tun. Ich wollte irgendeine leichte physische Arbeit, zu der man auch ein wenig Hirn brauchte; Fernsehmechaniker oder Kellner, darüber dachte ich lange nach. Vati war mit beiden Möglichkeiten einverstanden, Mutti wiederholte ständig, welch saftige Trinkgelder man als Kellner bekommen könnte. Und ich sah mich schon manchmal mit zwanzig Tellern zwischen den Gästen hin- und herbalancierend, unterwürfig und zufrieden mich für die zehn, fünfzehn Prozent Trinkgeld bedankend. Ich meldete mich dann doch an der Buddhistischen Hochschule an. Ich spürte, mein Leben würde sich verändern, ich werde von Minute zu Minute demütiger, ich verstand alles und jeden, versuchte alle zu lieben und erzählte voller Begeisterung vom Nirwana als einzigem Trost und als unserer einzigen Chance. Ein Lächeln des kosmischen Verstehens stand mir im Gesicht, als ich im Fernsehen von Raub, Mord und Totschlag hörte, und ich spielte mit wollüstigen Gedanken: Kann es sein, daß auch ich indischer Abstammung bin? Denn der Vater meines Vaters konnte auch ein berittener Mongole gewesen sein, der – nehmen wir einmal an – ab und zu einen Ausflug nach Indien gemacht hatte, wo er dann …

Eines schönen Tages erhielt ich einen Brief: Die Buddhistische Hochschule »Tor der Lehre« lädt Dich zu ihrem Erstsemestrigensommerlager ein. Mitzubringen: Schlafsack, Irrigator (Gerät zum Einlaufmachen), Kerzen, eine Taschenlampe, Taschengeld und alles was Du sonst so brauchst! Der Einladung war auch eine Landkarte beigelegt, und es wurde extra noch einmal erklärt, man müßte hier rechts abbiegen, dort links, das Lager findet im Nördlichen Mittelgebirge statt; in der Nähe von Csernely.

Ja, Csernely. Wir zogen fünfhundert Kilometer nach Westen, weiter hätten wir gar nicht wegziehen können, weg vom Dorf. Und langsam vergaß ich alle aus dem Dorf, heute würde ich keinen mehr erkennen, keinen von den Alten und keinen von den Jungen, nur in meinen Träumen taucht manchmal ein Bild auf, ein Ereignis, und wie glücklich und sorglos meine Zeit dort gewesen ist. Als Kind. Jetzt ist das Dorf wieder da. Der heimkehrende alte Hund blitzt in meinen Gedanken auf. Sein zotteliger Pelz, seine roten Augen, die trockene Nase; fröhlich wedelt er mit dem Schwanz und leckt einem die Füße: Wie schön dich wiederzusehen! (So einen Hund hatten wir. Von ihr hab ich schon geschrieben. Die Malbi. Eine Verrückte mit traurigen Augen, treu und herzensgut. Wenn sie gewußt hätte, daß man den Menschen überhaupt nicht trauen kann ...)

Das Dorf stand, nachdem es von lebensklugen Menschen bewohnt war, die vor nichts zurückschreckten, von Menschen, die in tiefster Armut lebten, in dauerndem Streit mit den neuen Nachbarn, den buddhistischen Mönchen. Die Dorfjungen und die Dorfalten plünderten regelmäßig die Gebäude der Buddhistensiedlung, nahmen alles mit, was nicht niet- und nagelfest war: Äxte, Gasflaschen, Brennholz, Messer, Gabeln, unersetzliche heilige Bücher, die sie ohnehin nicht verstanden, weil sie auf Deutsch, Englisch oder Sanskrit, Tibetisch oder Chinesisch geschrieben waren. Wertvolle Buddha-Figuren und Bücher verschwanden auf Märkten ohne Namen zu Preisen unter jeder Diskussion. Die Buddhisten schworen sich, in Zukunft von ihren Kampfeskünstlern verteidigen zu lassen, was ihnen gehört. Kaum hatten sie das beschlossen, hatte ich beschlossen, sie zu verlassen, denn diese Buddhisten brachten es nicht zustande, allem eitlen Irdischen zu entsagen. Es dauerte ein Jahr, bis ich mich von der Gemeinschaft endlich befreien konnte. Lächelnd, enttäuscht, bereichert. Bereichert worum? Um Jahre. Ich könnte auch sagen: selbst bei ihnen bin ich älter geworden.

Als ich das Lager erreichte, konnte ich noch nicht wissen, welche Straßen und Wege ich entlangwandern müßte, was ich durchzumachen hätte. Ich schulterte meinen Rucksack und zog in der Umgebung von Csernely herum, lange und weit, ich wollte einige Gefühle ohne Erinnerung wiederfinden. Bei dem Anblick von Bäumen, auf Straßen, in herumschlendernden, ziellosen Menschen, in dunklen Gesichtern und unsicheren Begrüßungen von Männern mit betrunkenem Blick, die an mich gerichtet waren: Bist du der Árpi? Ich bin meinem Vater nämlich sehr ähnlich, doch die Anrede als Árpi galt nicht Vati, sondern meinem älteren Bruder, der auch Árpi hieß, mir hingegen überhaupt nicht ähnlich schaute. Ich ging den Pfad entlang, der zur Kirche führte, bis zur Spitze des Hügels. Von dort konnte ich die ganze Umgebung überblicken, ich sah nach rechts und schaute nach links und wußte, wohin ich gehen mußte. Später mußte ich umkehren, weil ich mich doch nicht mehr richtig erinnerte. Als es dämmerte, erreichte ich schließlich ohne Schwierigkeiten den Bauernhof.

Alle, die dort waren, trafen sich zum ersten Mal. Größtenteils junge Leute, die ein großes Problem mit der Welt hatten, mit sich selbst, ihren Eltern, und Jugendliche, denen es sehr weh tat, daß sie keinerlei Problem mit der Welt hatten, mit sich selbst, ihren Eltern, und Ältere, die einfach Zeit hatten.

Morgens wuschen wir uns mit kaltem Wasser aus dem Brunnen, wir zogen durch die Wälder, hörten einander und unseren zukünftigen Lehrern zu, die gelangweilt von den ewigen Wahrheiten sprachen. Alles wäre gelaufen, wie es sich gehört, wie es laufen sollte und mußte, wäre nicht etwas geschehen, das alle Menschen im Lager endgültig für mich einnahm; etwas, das dem glücklichen Zusammensein ein Ende setzte, es völlig auf den Kopf stellte, als ob ein höherer Geist ein geistig niederes Wesen geschickt hätte, um uns klar zu machen: die Welt, die schaut ganz anders aus! Wo Frauen sind, gibt es früher oder später auch Schwierigkeiten.

*

In Szombathely hatten wir einen Dackel, den ich ursprünglich für Cili besorgt hatte, sie wollte ihn dann doch nicht, ihre Weltsicht war nüchtern genug: So ein kleines Vieh hat in einer Plattenbauwohnung nichts verloren. Sie brachte das Geschenk zurück. Dann gab's zu Hause Diskussionen. Wir hatten plötzlich einen Hund, der gar nicht unserer war, sondern der von Cili, die mir vorher wochenlang in den Ohren gelegen war: Wie gern hätte sie doch so einen süßen kleinen Flohfänger, nein, sie sagte nicht Flohfänger, sie sagte irgend etwas Lieberes, doch wär ich an ihrer Stelle, würde ich heute auf jeden Fall Flohfänger sagen. Dieser Hund war übrigens ein richtiger Engel. Sanft und verspielt, er haart, ist aber wohlgeformt und überaus diszipliniert. Den einzigen Befehl, den wir ihm beibringen konnten, war: tot! Dann warf er sich auf den Rücken und streckte alle Viere in die Luft, und blieb so lange liegen, bist wir etwas Liebes oder Böses zu ihm sagten. Mehr konnte unser Hund nicht. So weit reichte sein Talent zur Unterwürfigkeit.

Und früher lebte Freitag noch. Er war ein wunderschöner kleiner Dackel. Sanft und schüchtern, aus reinem Pflichtbewußtsein biß er einmal den Briefträger in die Ferse und blieb an ihm hängen, als wäre er die Spore an seinen Stiefeln – er konnte aber auch sehr lieb sein. Im Dorf munkelte man, er würde manchmal auch Hühner und Gänse kosten, aber wir wissen ja: es wird viel geredet. Er war ein richtiger Wildfang, doch zuverlässig. Er wußte genau, wen er anbellen mußte. Reinrassig sei er gewesen, sagte man. Und ein Freund; der von meiner Großmutter, als wir umgezogen waren, um einen lächerlichen Hunderter in Ózd auf dem Markt verkauft worden war. Sie hatte sich gefreut, überhaupt etwas für ihn zu bekommen. Die Erinnerungen und Gefühle, die sie mit ihm verkaufte, wären drei oder vier andere Hunde wert gewesen.

*

Auf dem Bauernhof ging es lustig zu. Mit Töpfen und Löffeln machten wir Lärm, so lange, bis sich aus dem Lärm irgendein Rhythmus entwickelte, dann musizierten wir gemeinsam, Krishna-Mantras, was auch immer. Wir freuten uns über etwas, das es gar nicht gab, wir lächelten und viele von uns umarmten einander. Unser zukünftiger Hermetik-Lehrer wollte, daß wir auch einen anderen Trancezustand erfahren, deshalb rief er uns auf dem Hof zusammen, wir stellten uns in einem großen Kreis auf, er erklärte uns die Einzelheiten des Rituals, wir sollten das Feuer anbeten bzw. wir sollten versuchen, mit dem Feuer zu brennen. Stundenlang tanzten wir um das Feuer herum, Rotz und Wasser lief über unsere Gesichter, der Schweiß den Rücken hinunter und immer fester, mit immer größerer Vertrautheit hielten wir einander an der Hand, wir spürten den Atem der anderen, rochen ihren Schweiß, hörten ihre heiseren Stimmen, hörten von rechts und von links Brausen und Sausen, monotone Musik, und wir spürten alle, wie wir reiner wurden, wie alles Schlechte unsere Körper verließ, wie in der Sauna, und wir prasselten mit dem Feuer und unsere eigenen Wahrheiten prasselten in unseren Ohren.

Am Abend waren wir todmüde, uns war schwindelig, alle wollten nur mehr schlafen, als sich plötzlich ein unbekannter Verwandter aus Csernely einstellte, zu allem entschlossen, in der Hand trug er eine Gitarre.

Er sei zum Feiern gekommen, sagte er.

»Na, singen wir was! Gitarre, alles da. Is' vom Wein noch was übrig? Ach, wie schön die Mädchen hier sind. Na, wie heißts im Lied … Na, welche Farbe hat dein Höschen? Sei nicht so gschamig!«

Ich legte mich schlafen. Eine Decke wickelte ich um meinen Kopf, um meinen Körper und hoffte, wegen meines lieben Verwandten nicht wieder aufstehen zu müssen. Doch ich mußte.

»Ich geh erst, wenn eine Frau mitkommt«, plärrte er mitten am Hof, Gläser zerbrachen, sein Hemd hing ihm in Fetzen vom Leib und im Kerzenlicht blitzte ein spitzer Gegenstand in seinen Händen.

»Welche? Welche willst du mitnehmen?«

»Die Schwarze dort, die hat sich ausgreifen lassen. Komm her da, sag's ihm. Du hast dir in die Hose greifen lassen, net? Du bist schon so feucht, wie bei uns zu Haus die Wand. Warum tust du jetzt so schüchtern? Was glaubst, daß ich nur so herkommen bin? Zum Gitarr' spielen? Für euch? Ich hau euch alle nieder! Da is' mein Messer, ihr Arschlöcher. Interessiert mich nicht, wer Karate oder Kung-Fu kann. Ich bin schneller als wie eucher Schatten …! Den Hals schneid ich euch ab. Soll der kleine Ferdus kommen, der erzählt euch was. Ich hab schon Gendarmen gedroschen. Ich fürcht mich vor niemand. Na, was is'? Mit hundert Leut' komm ich zurück, wenn's sein muß. Na, bin schon unterwegs … Reden wir von Mann zu Mann! Dann nehm ich halt die andere mit. Ich spür's, die will auch ficken. Die geilen einen hier auf und …! Geht scheißen mit eurem Butthismus …«

Es gelang mir schließlich irgendwie, ihn wegzubringen. Ich begleitete ihn durch die Wälder, beruhigte ihn, tat, als würde ich ihn verstehen. Alle zwei Minuten blieb er stehen, drehte um, weil er heute noch ficken wollte. Schüchtern fragte ich ihn, ob er eine Frau hätte. Natürlich hätte er. »Die stopft der Nachbar jetzt. Aber wenn ich nach Hause komm jetzt, dann werd ich sie durchvögeln, daß ihr hören und sehen vergeht. Ach, wir hätten sie alle ficken können, wie die Rösser. Die waren doch schon ganz naß, Árpi! Sie haben sich nur net traut, haben sich g'schämt vor die vielen oberg'scheiten Wasserköpf'.«

»Ich bin Tamás«, sagte ich und ließ ihn stehen, weil wir schon fast am Dorfrand waren. Ich hörte noch, wie er sich damit tröstete, daß er morgen in der Disko in Bélapátfalva noch genug schubern würde. Ich wischte mir die Hände ab und auch die Beine, weil er, während er geredet hatte – vielleicht hatte er es gar nicht mitbekommen –, seinen Schwanz herausgeholt und gepinkelt hatte. Während er mein Gesicht küßte, brunzte er mich an. »Ich hab dich ja so lieb, Bruder, ich liebe dich … Nur vor dir hab ich Respekt, die anderen …« Dann war er fort.

Ich hatte ihn damals das erste Mal gesehen.

*

Ich habe schon erzählt: Einmal fuhren wir nach Budapest, um Vater wieder zur Räson zu bringen, er sollte nicht mehr so grob und grausam sein. Auch später ließen wir ihn für ein, zwei Wochen allein, aber manchmal machte er dort weiter, wo er aufgehört hatte; dann mußten wir wieder davonlaufen. Fliehen, egal ob Sommer war oder Winter, ob es kalt war oder kälter, naß war oder nässer. Wir mußten fort. Oft wußten wir nicht, wohin: Immer weniger Bekannte wollten uns aufnehmen. Wir schliefen in den dreckigen Betten von rumänischen Zigeunern, zu zehnt, zu zwölft; einmal, als Mutti krank war, trugen wir sie mitsamt dem Bett hinter unsere Holzhütte und schauten Vati zu, wie er aus dem Haus wankte, tobte, sich nach uns umschaute und dann lange, sehr, sehr lange urinierte. Während er seine Hose zuknöpfte, sagte er halblaut: »Ich bring dich um, du Hur'.« Er war so besoffen, daß er kaum einen Fuß vor den anderen setzen konnte, Mutti fürchtete sich dennoch. Sie hatte Angst, weil sie selber betrunken war und weil sie sich an Dinge erinnerte, an die wir uns noch nicht erinnern konnten.

Mutti hat heute keine vierzig Kilo, sie ist zweiundfünfzig Jahre alt, Mutter von sechs Kindern, hat zwei Zähne und empfängt mich stets mit einem breiten Grinsen, wenn ich nach Hause komme. Sie streichelt über meinen Kopf und fragt: »Hast du heute schon was gegessen, mein Sohn?«

*

Ich war nie ein besonders guter Schüler gewesen, arm jedoch und nicht dumm, deshalb spielte ich immer alle Rollen, die man von mir erwartete, irgendwann gab ich sogar Nachhilfeunterricht, und ich, als Musterschüler gezwungenermaßen, machte artig meine Hausbesuche.

Da war ein Junge, dem ich schon monatelang versprochen hatte, zu ihm zu gehen, doch wurde schließlich doch nichts draus. Es war Winter, ich ging immer rechtzeitig von zu Hause fort, um pünktlich anzukommen, die Bäume, die die Straße säumten, stöhnten unter der Last des weißen Schnees, als wären sie prachtvolle, reich behängte Christbäume, und das war gut, denn damit bewiesen sie, daß wenigstens die Natur wirklich reich sein kann. Gut gelaunt ging ich die rutschigen Straßen entlang, ich musterte die Baumwipfel, starrte in den Himmel. Unter dem rosafarbenen Himmel – wer weiß, wovon er so rosarot war – fühlte ich mich, als würde ich durch ein Märchen wandern, noch glücklich, unschuldig und sorglos, wie die langen, komplizierten Märchen eben immer beginnen.

Das Haus, in das ich bestellt war, hatte drei Stockwerke und ein riesiges Tor. Ich erreichte die Schnalle kaum, und weil meine Hände von der Kälte fast steifgefroren waren, konnte ich sie auch kaum hinunterdrücken. Das Tor öffnete sich langsam, ganz leise, dahinter war ein mächtiger dunkler Gang, an dessen Ende irgendein winziges Lichtlein blinzelte, die Augen einer Katze oder eines Hundes. Ich wagte nicht, einzutreten. Ich wußte, ganz in der Nähe, an der Wand, müßte ein Lichtschalter sein, einige Zeit tappte ich auch an der Mauer entlang, traute mich aber nur so weit, wie die Strahlen der Straßenbeleuchtung reichten. Verstört und ängstlich stand ich ein, zwei Minuten vor dem Haus herum, sah das Fenster im dritten Stock, hinter dem man mich erwartete, es war ausgeleuchtet und bewegte Schatten huschten vorbei. Eine Frau wohnte dort mit ihren zwei Söhnen, die sie alleine erzog, ihr Mann war gar nicht lange zuvor an Krebs gestorben, und ich erinnere mich, daß ich die zwei Buben beneidet hatte, weil sie weinen durften und in der Schule von allen bedauert wurden; und sogar zwei Tage zu Hause bleiben durften.

Ich dachte darüber nach, dort, vor dem Haus, daß die beiden sicher immer noch traurig wären, und ich dachte damals, diese Familie würde uns irgendwie ähnlich sein, sie hätte auch ein Geheimnis, wie wir unsere Armut. Ich wußte zwar, die Erwachsenen meinten, Armut sei keine Schande, aber ich war mit dieser Weltsicht nicht einverstanden, ich glaubte, nur der Arme sei schuld, wenn er arm bliebe, und arm zu sein bedeutete, ein Verlierer zu sein, Armut bedeutete: feige zu bleiben – Armut ist keine Frage der Ehre, sondern schlicht die Frage von Stärke, und schwach zu sein ist letztendlich eine Schande.

Ich wartete noch eine Weile, doch es kam keiner, es ging keiner, der das Licht aufgedreht hätte, und ich sah, daß mich von der anderen Straßenseite aus ein Mann beobachtete, er sah, daß ich ratlos herumstand, kam mir schon entgegen, wollte fragen, ob er mir helfen sollte. Ich wollte nicht, daß sich herausstellte, daß ich feige bin. Ich lief davon. Er sollte ruhig denken, der zehnjährige Junge hätte sich nur erschreckt.

*

Die Zsuzsi hatte an jedem Finger zehn Verehrer. Sie war hübsch und kokett. Heute fehlen auch ihr schon einige Zähne. Sie hat viele Kinder und ich weiß, ganz Ózd kennt sie und fürchtet sich vor ihr, weil sie immer sehr laut und schmutzig redet, mit allen streitet. Als schrie sie aus ehrlicher Wut, aus aufrichtigem Ärger, nur nach den größten Schreiduellen lächelt sie stets ein wenig, vielleicht über sich selbst. Dann schmeißt sie ihrem Gegenüber einen noch häßlicheren Fluch an den Kopf: »Steck dir dein Geld in den Arsch, du Bauerntrottel!« Dann dreht sie sich um und meint: »Nicht einmal einen Hunderter läßt er aus, dieser impotente Hund.« Ich erinnere mich an eine Geschichte, die geschah, als Mari heiratete. Es gab ein großes Freßgelage, Abendessen um zwanzigtausend Forint usw., die ganze Verwandtschaft war dabei. Ein wirklich großes Fest. Genug davon: Mari heiratete und das machte Zsuzsi wahrscheinlich so traurig, daß sie sich dem kleinen Bruder ihres neugebackenen Schwagers, der angeblich auch in Mari verliebt war, angetragen hat; sie stellte sich nackt vor den Mann hin, der schon stark angetrunken war, und sagte: »Wenn schon nicht Mari, bitte, hier hast du mich!«

»Und er hat ihm nicht stehen wollen, drum hat er nicht die Mari und auch nicht die Zsuzsi geschoben«, erzählte Mutti später öfter lachend allen möglichen Leuten. Vielleicht deshalb, weil das so in größter Ordnung war.

*

Normalerweise begann das Schlamassel damit, daß man die Zsuzsi ins Geschäft schickte. »Geh und hol eine Flasche Bier!« Kaum war sie zurück: »Zigaretten hätten wir auch gebraucht!« Dann: »Das Brot ist aus. Egal, sind ja eh gerade Gäste gekommen (heruntergekommene Landstreicher, stotternde Anstreicher, Lumpengesindel), für die hol noch zehn Flaschen Bier, sonst erzählen sie noch: Wir bewirten unsere Gäste nicht!« Wir bewirteten sie, das ließen sie sich gefallen, nur unser Geld wurde immer weniger und der Friede im Hause; denn waren Gäste im Haus, fühlte sich mein Vater stets selbst als der angesehenste, wichtigste Gast – er hatte immer schnell einen Spitz (wie Mutti immer sagt), dann war er besoffen, später stockbesoffen, das war immer der angenehmste Zustand, weil er schließlich aufs Bett fiel und erst am nächsten Vormittag wieder aufstand. Wenn die Gäste aber von Vaters Sticheleien genug bekamen und früher unsere feuchte, trostlose Untermiete verließen, blieb immer etwas zu trinken übrig. Mutti versteckte es in der Bettzeugkiste, oben auf dem Kasten, hier und dort, Vati fand die

Flaschen natürlich und schrie herum, was Mutter für eine verdammte Hure sei, seit Monaten schliefe sie nicht mehr mit ihm, sicherlich halte sie sich einen Liebhaber, und überhaupt: was hätte sie schon wieder gekocht, sie gäbe das Geld sicher für ihre Kinder aus, für diese Herumtreiber, Einbrecher und Huren. Andere, normale Menschen hätten immer Geld im Hosensack, aber er müßte jeden Morgen um einen beschissenen Hunderter betteln.

Eines Abends, als er gerade wieder Gäste bewirtete, klopfte es an der Küchentür, zwei Polizisten standen draußen, riesig waren sie (eigenartig, wie groß die Polizisten sind, aber noch eigenartiger ist, daß auch immer wieder ein kleiner unter ihnen ist).

»Familie Jónás? Ihre Tochter hat im Geschäft gestohlen. Strümpfe und Zigaretten. Wir haben sie mitgebracht, machen Sie mit ihr, was sie wollen. Und Grüß Gott.« Der eine Polizist stieß die heulende, zitternde Zsuzsi in die Küche.

Als ich nach der Schreierei, dem Kreischen, dem Plärren, dem großen Chaos wieder einen klaren Gedanken fassen konnte, war Zsuzsi schon voller Flecken, wie die Straßen im Frühling, wenn der Schnee erst hier ein bißchen und dort ein wenig geschmolzen ist, ihre Augen waren zugeschwollen, und Vati stürzte furchtbar wütend die letzte Flasche Bier in sich hinein, daß seine Tochter …! »Die Schlampe hat gestohlen.«

*

Eines Tages stellte sich Vati damit zu Hause ein, es sei nichts zu machen, auf der Gemeinde hätte jemand gesagt: »Malbi muß weg.« Wir fragten voller Unverstand, warum, und was das heißen sollte, sie müsse weg? Wo wird sie hingebracht? Mutti fragte ihn nur, ob sie der Jäger erschießen würde oder wir sie selber umbringen müßten. Ich verstand kein Wort. Malbi lief draußen im Garten herum, als ich aus dem Haus trat, sprang sie mich voller Freude an.

Am nächsten oder übernächsten Tag kam der Sipos bei uns vorbei. Er hatte einen Strick dabei, eine Axt und murmelte mit eigenartiger Fröhlichkeit etwas, von dem die Mädchen davonstoben, Mutti eilte in die Küche, als hätte sie etwas besonders Wichtiges zu erledigen. Vom Sipos erzählte man sich übrigens, er sei ein großer Schlingel, weil er den Mädchen und Frauen feine Schokolade und Bonbons schenkte, die aber mit Fickpulver geimpft wären. Da dachte ich mir, er wollte den Mädchen sicher auch jetzt Fickpulver aufdrängen, darum waren sie davongelaufen.

Ich schaute ihm zu: Er lockte Malbi zu sich – das war nicht weiter schwierig, sie schloß leicht Freundschaft –, legte ihr den Strick um den Hals, streichelte sie, beruhigte sie, dabei lächelte er boshaft, und sagte zu mir: »Na, komm schon her, halt' die Schnur da, aber ganz fest, damit der Hund nicht wegrennt. Fester, und drück ihn auf den Boden!« Und er holte aus, mit der Axt in der Hand. In diesem Moment wurde mir klar, daß er Malbi erschlagen wollte. Ich sprang zur Seite, ließ den Hund aus, dennoch streifte ihn der Axthieb, er lief davon, verletzt, in den Wald, bis zum Abend hatten wir ihn nicht wieder gesehen.

»Du hättest ihn fester halten müssen, dann müßt ihr ihn halt jetzt zum Jäger bringen«, sagte Sipos und ging mit einem breiten Grinser zu Mutti in die Küche.

Malbi wurde später wirklich vom Jäger erschossen. Vati ging mit ihr in den Wald, Malbi setzte sich traurig an eine Mauer und regungslos beobachtete sie, wie die zwei Männer zwei Schritte zurücktraten, richtete abwechselnd ihren Blick in den Gewehrlauf und auf Vati, nach dem Schuß zuckte sie noch ein wenig und nahm den strengen Blick ihres Herrchens und ihres Mörders mit in die Ewigkeit. Vati erzählte, er hätte gesehen, wie Malbi geweint hätte. Aber das war sicher nicht wahr …

*

Mit vierzehn Jahren verliebte ich mich endlich. Diese Liebe tat sehr weh, genau wie die darauf folgende. An beiden hätte ich zugrunde gehen können.

Weil ich in der achten Klasse brav gelernt hatte, wurde ich als Belohnung von der Schule in ein österreichisches Pfadfinderlager geschickt. Damals war ich das erste Mal im Ausland, in jenem Sommer war ich überhaupt das erste Mal in Ferien, in einem Sommerlager. Voller Aufregung packte ich meine Sachen zusammen und hielt mich dann auch an Vaters mahnende Worte: »Sei brav, zeig Respekt!« Dann sagte er noch zu Mutti, als eine Art Erklärung: »Er vertritt jetzt Ungarn dort drüben.«

Mutti schnorrte ein wenig Geld zusammen, damit es für mich nicht peinlich würde, wenn die anderen sich Cola, Schokolade kauften, sie schaffte mir dann noch an, wenn noch Geld übrigbleiben würde, sollte ich doch Seife mitbringen, Kaffee und irgendwelche Toiletteartikel, weil die drüben billig seien, sagte man, doch auch auf meinen Vater sollte ich nicht vergessen, es würde ihm sehr weh tun, wenn er gar nichts bekäme.

Als ich nach Hause kam, hatte ich alles dabei, was man mir aufgetragen hatte, und nicht nur das. Mutti und eine Verwandte warteten am Bahnhof, wir setzten uns in ein Taxi und sie fragten neugierig, wie's in Österreich gewesen sei. Ich erzählte ein paar Belanglosigkeiten, doch lange konnte ich mir meinen Schmerz nicht verbergen und begann noch im Taxi zu weinen: »Mami, ich hab mich verliebt!« Wochenlang konnte ich nicht einmal essen. Die ganze Zeit spukte mir Hannelore mit ihrem langen Haar im Kopf herum, ihre Worte, ihre Gesten, ihre weiche Brust, die ich manchmal zufällig berühren durfte, die verschämten Kinderküssereien und der große Zauber dieser ganzen Liebe: kein einziges Wort hatten wir davon verstanden, was der andere gesagte hatte.

Ich glaube, nur ich hab sie wirklich geliebt. Ein paar Jahre später, als ich mich schon nüchterner an diesen Sommer erinnerte, schrieb ich ihr einen Brief und machte mich ein wenig wichtig: Ich würde in Ungarn schon zu den Dichtern gehören, schrieb ich ihr, und dachte, deswegen würde ich in ihren Augen etwas Besonderes sein. Sie antwortete, na, das sei ja wirklich großartig, und ich würde doch sicher auch für sie einmal ein Gedichtchen schreiben. Damals konnte ich schon ganz anständig Deutsch, versuchte sogar das eine oder andere zu übersetzen, aber Gedichtchen schrieb ich für Hanne keines und werde ihr wohl auch nie eines schreiben. Am Ende des Briefes stand: Deine Hanne. Obwohl ich wußte, daß das nur so eine briefschreiberische Förmlichkeit war, wurde mir trotzdem ein wenig warm ums Herz. Außerdem half es mir, diese Liebe in mir endgültig abzuschließen.

*

Und mit siebzehn verliebte ich mich wieder. Das Mädchen war meine Klassenkameradin im Gymnasium. Ich schrieb ihr Gedichte, schöne, sagt man, dichterisch reife, ich litt viel wegen ihr und auch sie litt sehr wegen mir. Ich traute mich nicht einmal ihre Hand zu halten, ich schaute sie nur an, voller Andacht, wie man riesige schneebedeckte Gipfel betrachtet, sagte ihr Gedichte auf. Ich lief ihr nach, schnüffelte ihr nach, bedrängte sie, machte sie krank, drohte mit Selbstmord (versuchte ihn auch), stundenlang betrachtete ich nur sie, verletzte alle Regeln, begehrte gegen jede Ordnung auf, damit ich auch interessant wäre in ihren Augen und blieb dann allein wie eine Fahne im Sturm; drei Jahre später heiratete ich ihre beste Freundin, die mir heute schon zwei Söhne geboren hat und gemeinsam mit mir über meine damaligen Liebesmarotten schmunzelt.

*

Malbi jagte uns dann einen gehörigen Schrecken ein. Wir beschlossen am Abend zu einem unserer Verwandten zu gehen und uns irgendeinen guten Film anzuschauen. Damals war übrigens der Gojko Mitić, der jugoslawische Winnetou, unser Liebling, doch ihn konnte man fast nur im Kino sehen, wo es sehr schwer war, hineinzukommen, weil keiner Eintritt bezahlen wollte oder konnte, deshalb ist es oft vorgekommen, daß die Zigeuner die alte Filmvorführerin schon in ihrer Wohnung aufsuchten und um ein, zwei Freikarten bettelten, oder darum baten, sie später bezahlen zu dürfen; auch Mutti klingelte öfter bei der Frau, die gleich neben uns wohnte. Manchmal bekamen wir dann auch Freikarten. Manchmal bekamen wir keine, dann waren wir enttäuscht, versuchten uns ins Kino zu schleichen, das gelang aber immer nur den Größeren. Mutti verfluchte die Alte und nahm uns anstatt ins Kino zu irgendwelchen Verwandten mit, die einen Fernseher hatten, und wo – das war viel interessanter – ein Kind unheimlich viel Tratsch hören konnte, wenn es in der immer lauteren Runde unbemerkt bleiben konnte. Durch das, was wir dort hörten, lernten wir zu leben.

In der Finsternis, weil es in Csernely keine Straßenlaternen gab, zogen wir zwanghaft lärmend die Straße entlang, wie die Selbstsicheren, damit wir endlich vor einem Fernseher zu sitzen kämen, als plötzlich zwei leuchtende Augen hinter uns erschienen. Und sie kamen immer näher, und etwas stöhnte und schleppte sich dahin, näher, immer näher. Das frißt uns jetzt auf (weil es sicher irgendein wildes Tier ist) oder vielleicht träumen wir das alles nur, dachten wir. Und wenn ich mich jetzt zurückerinnere, kommt es mir wirklich vor, als wäre es nur ein Traum gewesen, weil diese so kurzen, fast zwanzig Jahre so fern und lange erscheinen, wie die Fühler einer Schnecke, oder ich weiß nicht, aber das Ganze erscheint mir so unglaublich, daß ich mir kaum vorstellen kann, daß so was geschehen ist.

Das wilde Tier kam indes immer näher, und wir hörten seinen Speichel tropfen, Mari und Zsuzsa begannen zu schreien und ich wußte nicht, was ich in meiner Angst machen sollte und sagte leise: Das ist die Malbi. Ihr Kopf war blutig, eines ihrer Augen war verletzt, und sie wollte sich an uns schmiegen, sie wollte getröstet werden, gepflegt, geheilt, sie tat uns leid, doch dann sagte irgendwer, in drei Minuten beginne der Film, deswegen begannen wir zu laufen, in Richtung Haus mit dem Fernseher; und Malbi, als hätte sie verstanden, daß uns der Film wichtiger war als sie, blieb stehen, leckte ihre Wunden und verschwand in der Dunkelheit jenseits des Baches.

Ich habe sie nie mehr gesehen. Der Jäger erschoß sie, seitdem hab ich mich schon oft gefühlt, wie Malbi sich gefühlt haben muß, als wir sie allein ließen, mit blutendem Kopf, während wir irgendeinem guten Film nachliefen und sie verschwinden ließen in der Finsternis, im Morgen, im Tod.

*

»Schreib sie nicht alle auf, diese schweinischen Sachen! Oder schreib sie doch auf, aber gib den Leuten andere

Namen, diese Sachen gehen niemanden was an, mein Bub! Warum? Die Geschichten sind doch nicht interessant. Und davon, was ich erlebt habe, weißt du doch nichts, da kannst du nicht drüber schreiben, ich vielleicht … Na, was soll ich erzählen? Dein Vater hat immer getrunken, hat mich geschlagen, mit euch hat er sich überhaupt nicht beschäftigt, aber versteck den Zettel, sonst will er ihn noch anschauen, und wer weiß, was dann passiert …«

Wir schwiegen eine Weile.

»Ein paar interessante Fälle hat's gegeben … von wem soll ich erzählen? Mit deinem Vater bin ich ausgerissen. Das war in Csernely so Brauch, alle sind einfach weggelaufen. Wir sind nach Putnok gefahren. Geliebt habe ich ihn nicht, aber er konnte so gut tanzen. Mit ihm hab ich mich am wohlsten gefühlt. Mutti hat gewollt, daß ich den Győző heirate, der war Soldat und das war eine große Sache damals im Dorf; er hat mir auch ein Kind gemacht. Als wir davongelaufen sind, haben wir schon den Attila gehabt. Ja, auch der Attila. Mit siebzehn ist der mit einem Mädel abgehaut. Fünf Kinder hat er. Du hast gesehen, wie bärenstark er ist, damals war er ein kleines vertrocknetes Pflänzchen. Oder war der Árpi so kränkelnd? Dein Vater hat einmal sogar das Kind von den Kuláks gebeten, sich von Árpi dreschen zu lassen, weil der so klein war. Der Bub hat einen Vogel gehabt. Der Kulák hat gemeint: Na gut, Onkel Árpi, gibst mir zwei Forint, darf er mich dreschen! Der Árpi ist dann zu ihm hingegangen und hat ihm auf die Nase geschnippt. Er war ein blödes Kind, na. Aber nur wie er klein war. Wie er dann in die Anstalt gekommen ist, hat er nur mehr Einser gehabt. Im Singen hat er einen Zweier gekriegt. Weil gute Stimme hat er keine gehabt. Ach, ich erinner' mich, wie wir ihn in der Anstalt besucht haben – in Meggyaszó –, haben wir ihm Brot und Salami mitgenommen, die Salami hat er dann auch gleich aufgegessen, das Brot hat er nicht angegriffen, und dann hat er gesagt, so sanft, daß es mir das Herz fast zerrissen hat: ›Mutti, darf ich das Brot mitnehmen?‹ ›Warum denn, mein Bub, geben sie dir nichts zum Essen?‹ ›Doch. Aber am Abend essen, das ist so schön. Ich steck es mir unter den Polster ...‹ Dann fragte er mich noch – wie viel? Rechne es dir aus, er war noch keine elf – ›Mutti, die Schulden, müssen wir die jetzt zurückzahlen?‹ Wieviel war das, 120 000 Forint? Das hätte man auch anders erledigen können, aber der Bürgermeister sagte zum Árpi, weil er ihn gehaßt hat: ›Du wirst dich schon noch schleichen von hier, weil ich werde dich ruinieren.‹ Wie dann dein Vater aus dem Gefängnis gekommen ist, hat ihn die Forgács Ica von der Gemeinde rufen lassen und gesagt: ›Árpi, entweder zieht ihr aus Csernely fort, oder ich laß deine Kinder noch einmal in die Anstalt bringen.‹ Ich wollte nicht hierher. Wie die Bettler sind wir hierher gekommen. Nichts haben wir gehabt. Und auch heute haben wir nichts ...

Ich hätt euch schon früher nach Haus holen wollen, aber die Chefin vom Jugendamt, die Frau Rostás, hat phlegmatisch gemeint: ›Ibolya, die Verhältnisse sind nicht gesichert, es ist kein Geld da, den Kindern geht's besser dort, wo sie jetzt sind.‹ Dann hab ich angefangen zum arbeiten wie ein Vieh. In drei Schichten in Farkaslyuk, so große Platten haben wir zerschneiden müssen, der Werkmeister hat mich einmal gefangen, wie ich schon in die Maschine gefallen wäre, hundsmüde von der Schufterei. Geld hab ich keins gehabt, weil ich alles für euch ausgegeben hab. Erinnerst dich noch, was du dir gewunschen hast, wie wir dich, Mari und ich, besucht haben? Mit ganz wehleidiger, dünner Stimme hast du gesagt: ›Mami, kannst du mir Sandalenschuhe mitnehmen, wenn du wieder kommst, weil die Halbschuhe kann ich nie zubinden.‹ Ich hab dir so einen großen Sack mit Geschenken gebracht, der war größer als du. Die Kindergartentante hat ihn dir hinaufgetragen. Und du hast auch damals deinen Kopf nur in Maris Schoß gelegt, und die teueren roten Erdbeeren hast du nicht gegessen, und hast immer nur gefragt: ›Warum hast du mich allein gelassen? Du hast versprochen, daß du bei mir bleibst.‹ Und dann hast du schon geplärrt.

Schreib das alles nicht auf, Bub! Schreib, daß wir schön palotzisch geredet haben. Bei mir hört man's ja immer noch, wenn ich rede.«

*

Als Mama kam, um mich aus der Miskolcer Kinderstadt heimzuholen, freute ich mich nicht mehr, nach Hause zu kommen, denn am Abend davor hatte mich meine Lieblingserzieherin aus dem Schlafsaal holen lassen, vielleicht genau die, die sich sechzehn, siebzehn Jahre später, als ich das Heim noch einmal besuchte, um zu sehen, wo ich gewesen war, an mich erinnert hatte, und erzählte, ich hätte damals schon sehr schön gesprochen, bloß Haare hätte ich kaum auf dem Kopf gehabt, weil die Pflegeeltern, denen man mich zugeteilt hatte, sie mir vollständig ausgerissen hatten. Und diese Erzieherin sagte nun zu mir: »Tamás, du kannst dir drei Märchen aussuchen, die du gern hören möchtest, weil morgen fährst du nach Hause.«

Sie erzählte und ich hörte zu, hörte immer nur zu und wunderte mich, daß es auch so etwas gibt; daß sich jemand mit dir hinsetzt und nur dir etwas erzählt; daß er dir seine besondere Aufmerksamkeit schenkt; daß ihr euch beide gern habt. Daß es Märchen gibt. Und als die Erzieherin mich in mein Zimmer zurückbrachte, gab sie mir sogar noch einen Kuß auf die Stirn und streichelte mich und sagte mir irgend etwas Nettes. Und alle im Zimmer sprangen auf und riefen und bettelten: »Ich möchte auch ein Küßchen, ich auch, bitte, ich auch.«

Im Bus drehte ich mich um, kniete auf meinem Sitz und betrachtete lange die Gebäude, die immer kleiner wurden und versuchte, mich an meine Mama zu gewöhnen, oder mich wieder an sie zu gewöhnen. Ich wußte, daß das so sein mußte, aber ich wußte nicht, warum das alles vorher so hatte sein müssen. Ich hielt ein Märchenbuch und Bonbons in der Hand; ich konnte Mama keine Antwort darauf geben, warum ich traurig war, fuhr ich doch endlich heim; und zu Hause hilft sie mir, mich zu waschen, ich muß keine Angst mehr vor dem Wasser haben, sie schnürt mir die Schuhe zu – alles wird gut.

In unserem Haus gab es keinen Strom, kein Licht. Die Familie besaß nichts. Wir dachten, wir hätten genug Kraft, um allein mit Liebe ein neues Leben zu beginnen, deshalb zogen wir auch um, nach Szombathely. Doch ein paar Jahre später mußten wir erkennen, daß wir für den Neuanfang keine Kraft, sondern nur unser bloßes Sein mitgebracht hatten. Außerdem gibt es keinen Neubeginn, es gibt nur das Fortführen, das streng ist wie ein Richter, strudelnd wie ein Wildbach und abgrundtief wie der Blick mancher Menschen.

*

Edina muß um die 18 gewesen sein. Die Jungen interessierten sie genau so sehr wie alle anderen Mädchen. Mit mir, als Jungen, hatte sie nicht gerechnet. Ich nahm sie nie bei der Hand, ich musterte nur mit unbeschreiblicher Faszination ihre Haut, sog ihren Duft ein, und ich glaubte, diese ganze Szene im Fernsehen zu sehen, und genauso unbeholfen war ich auch. Ich wagte nicht, sie zu küssen. Das wäre, glaube ich, der Anfang von allem, der zündende Funke gewesen. Indes kochte ihr Blut, war ihr Gesicht, ihre Brust, ihr Schoß von der Lust erfüllt: Liebe machen!

Ich verlor sie, als sie endlich einen Jungen fand, der mutig genug war. Oder mehrere Jungen? Als ich erfuhr, daß der Engel nicht mehr länger Jungfrau war, – ich habe schlecht formuliert: als ich erfuhr, daß sie sich an einen anderen gebunden hatte – heulte ich nur, weinte, marschierte die zwanzig, dreißig Kilometer zu ihr, unterhielt mich mit ihr über dieses und jenes, zählte innerlich bis zehn, bei zehn wollte ich sie küssen (das hat bei Sorel schon einmal funktioniert), doch es wurde nichts draus, weil ihre Mutter hereinkam, die ihr irgendwas anschaffte: nicht ihr, eigentlich mir, ich sollte endlich nach Hause gehen, und ich ging nach Hause. Es war schon spät, als ich zu Hause ankam, voller Kummer, und Mutti begann mit mir zu streiten, weil ich, wenn ich irgendwas hätte, immer gleich zu dieser Hure rennen würde, dann sagte sie, ich sollte essen, sie lege sich schlafen, und ich dachte, ich müßte besonders stark sein.

*

Die Bella ist eine besondere Geschichte! Als der Lali die Mari heiratete, und hier, in Szombathely die Hochzeit stattfand, auf die wir Kinder nicht gehen durften, weil wir so viele waren, hat diese Frau eine Quarzuhr als Geschenk mitgebracht, das war damals noch ein wertvolles, ein besonderes Geschenk. Ich bettelte diese, weil sie mir sehr gefiel, Mari ab, die sie mir im großen Durcheinander der Heiratszeremonie auch ohne weiteres gab. Ich freute mich sehr, am Abend steckte ich sie unter meinen Polster, immer und immer wieder hörte ich mir alle dummen Melodien an, die sie spielen konnte, dann schlief ich mit meinen neuen Schatz ganz glücklich ein. Am nächsten Morgen griff ich sofort unter den Polster nach der Uhr, doch sie war verschwunden. Ich fragte Mutti, die nach dem Mulatschak noch kaum bei sich war, wo denn meine Uhr sein könnte, aber sie wußte es nicht. Ich fragte Árpi, vielleicht hatte er sie gestohlen, hatte er doch gestern noch zu Mutti gesagt, das sei ein viel zu teures Geschenk für so einen kleinen Hosenscheißer, doch auch bei ihm fand ich sie nicht, wenn er sie gestohlen hätte, hätte er sie sicher an der Hand getragen, um damit anzugeben. Erst

Monate später erfuhren wir dann, daß das Geschenk, das Bella gebracht hatte, schon lange wieder in ihrem Besitz war, denn sie hatte es am Abend bei mir gesehen und zögerte keinen Augenblick: Sie steckte die Uhr wieder ein.

Die Bella war Maris Taufpatin. Eine Sache muß ich noch über sie erzählen: Sie stank ungeheuerlich. Sie ist schon gestorben. Vielleicht allein, vielleicht hielt ihr auch ihr zweiter Ehemann, der Pista, die Hand. Pista war vierzig oder fünfzig Jahre jünger als sie. Wir bekamen nur ein Telegramm damals, daß sie gestorben ist, doch aufs Begräbnis fuhren wir nicht.

Ihr erster Mann – insofern ich das seinerzeit beurteilen konnte – war ein sehr anständiger Mensch gewesen. Er streichelte mich, gab mir ab und zu zärtlich eine Kopfnuß und redete mit mir immer wie mit einem Erwachsenen. Man erzählte sich, er wäre vom Zug überfahren worden, als er stockbesoffen von irgendeiner Gelegenheitsarbeit nach Hause stolperte. Bella war nicht lange traurig. Sie lachte sich den Pista an, er war ein Mensch, wie man ihn unter hunderttausenden nur einmal findet. Er ertrug nämlich den Gestank, den Dreck, die Kälte, die in Bellas Haus herrschten; ja, als Vater ihn einmal fragte, ob er denn mit diesem grauslichen alten Weib auch noch schlafen würde, meinte er: »Was? Schubern? Das wird mich noch umbringen. Wenn sie mich einmal im Monat badet, dann wäscht sie mir auch nur den Schwanz. Die hat einen Appetit wie eine Sechzehnjährige.«

»Sei mir nicht bös, Pista, wenn ich dir das sage, weil die Bella ja eine Verwandte von mir ist … da muß man schon einen Saumagen haben. Nicht einmal essen könnt' ich, wenn ich mit ihr in einem Zimmer sitze, und dann noch …«

»Den muß man haben, Árpi, jaja. Ab und zu graust auch mir schon so vor ihr, daß ich aufs Scheißhaus gehen muß und reiher' …«

»Warum bist du dann immer noch bei ihr?«

»Weil ich sie liebe!«

*

Mutti ging, nachdem sie uns aus der Anstalt nach Hause geholt hatte, jeden Abend arbeiten. Vati war damals noch im Gefängnis, er kam erst ein paar Monate später heim.

Als wir unsere Wohnung in Csernely betraten, erschrak ich ein wenig. Die dunklen, schmutzigen Farben versprachen nichts Gutes nach der Ordnung der Anstalt, die zwar keine Liebe in sich trug, jedoch Sicherheit versprach. Das Haus war von der Zeit angenagt worden, von den Knechten der Zeit, genauer: von den Dörflern. Der Verfall hatte begonnen, als Mutti, wenn wir kein Brennholz zu Hause hatten, was oft der Fall war, in das linke Zimmer ging (links und rechts war ein Zimmer, in der Mitte die Küche) und den Holzboden aufbrach, um einheizen zu können. Seitdem ist es auch oft vorgekommen, daß wir für ein billiges Mittagessen viel mehr bezahlten, als nötig gewesen wäre; billig verkauften wir unsere besten Kleider, alles, was irgendwer kaufen wollte, und nach der Aufregung des Verkaufs saßen wir mit verkrampftem

Magen bei Tisch, am Bett, irgendwo und aßen stumm oder mit einem Lächeln Vatis Anzug oder Muttis Schuhe.

Dann, als wir wegzogen, verfiel das Haus in Csernely noch schneller. Der Zaun wurde niedergerissen, die Fenster schlug man ein oder riß sie heraus, auch aus den Mauern hatte man schon Ziegeln gebrochen, um sie beim Bauen von anderen Häusern zu verwenden, bis eine Wand umsackte, denn irgendwer hatte den Hauptbalken gestohlen. Mutti verkaufte den Rest des Hauses einem Gadscho, einem Nichtzigeuner für 5000 Forint, als sie einmal von Szombathely nach Csernely fuhr.

Ich kauerte mich ängstlich auf irgendeinen Diwan hin. Mutti sagte, ich sollte doch spielen gehen, mit einem meiner alten Freunde (wo hatte ich alte Freunde gehabt?), ich sollte in den Garten gehen, essen, ob ich nicht müde wäre, hungrig, durstig? Doch ich saß nur da, zusammengekauert, voller Angst, wie ein Fremder.

Am nächsten Morgen, als ich aufwachte, waren Zigeuner mit ganz dunklen Gesichtern bei uns, Verwandte. »Das ist der Tamáska?«, fragten sie. Mutti zeigte ihnen voller Stolz, wie groß ich schon geworden war.

Damals war ich noch keine sechs Jahre alt.

Vor den fremden Verwandten fürchtete ich mich sehr, ich sagte auch zu Mutti: »Die haben so ein häßliches Gesicht.« Sie erklärte mir dann, daß sie alle gute Menschen seien, mich lieb hätten, und kämen, um mich zu besuchen. Und als wieder einmal ein Verwandter vorbeikam, ich glaube, er hieß Zoló, fiel ich ihm, ohne nachzudenken, um den Hals, als würde ich ihn immer schon kennen und lieben, und Zoló war außer sich vor Freude.

Ich verirrte mich auch irgendwann in den Garten, und die Tanten Mari, unsere Nachbarinnen, unterhielten sich mit mir, weil ich ein braver kleiner Bub sei, meinten sie, weil ich so schön sprechen würde. Ich sage nicht »Was is'?«, wenn man nach mir ruft, sondern »Wie bitte?«, und das sei schön, ich solle immer so bleiben, darüber würden sie sich sehr freuen. Mutti war nicht ihrer Meinung, sie spürte, ich hätte mich verändert, wäre anders als zuvor, sie bat mich, häßlich zu reden. Ich sollte sagen: »Was is'?« Und mit Tränen in den Augen sprach sie mir dreckige Flüche vor und meinte: »Was ist denn aus meinem Tamás geworden?«

Von den Großen wurde ich im Dorf Bürgermeister genannt – ich weiß nicht, warum. Heute erinnere ich mich an keinen mehr, vielleicht nur an den Sohn meiner Taufpatin, der so was wie ein Freund war, und an den Gézuka, der in der Schule nie verstand, worum es ging, und dem ich immer beim Lernen half. Vielleicht erinnere ich mich auch noch an den Briefträger und an die Szene, als Mutti ihm nachlief, das war ein sehr schöner Augenblick, doch nur sehr kurze Zeit genoß ich, was meines war, was natürlich war, die Ordnung, die Wildheit, die überwältigenden Gefühle und Gefahren, das Zigeuner-Sein.

Die Forgács Ica machte den Mund auf und wir flogen wie die Zugvögel davon und ruhten nicht, bis wir in Szombathely angekommen waren.

*

Dreißigmal mußten wir den Rücken des anderen kraulen. Am Vortag kraulte Árpi den meinen, am nächsten Abend war ich an der Reihe. Vati und Mutti schienen, als würden sie sich lieben. Der Wind pfiff aus der Speisekammer, die vom Zimmer abging, das Fensterglas knackste von der Kälte und in der übermächtigen Stille des Winters starrten wir den Fernseher an, die Kiste war stumm, ein fahles, hüpfendes Bild färbte die Wände blau. Müde war ich und ich lächelte, als ich unter der Decke Árpis Rücken kraulte, stumm zählte ich – achtundzwanzig, neunundzwanzig, dreißig.

*

Ich saß auf dem Schoß der Richterin, sie wollte von mir wissen: »Was möchtest Du mal werden, Tamáska?«

»Kaminkehrer!« antwortete ich aufrichtig und alle lachten; auch ich mußte lächeln, obwohl ich nicht verstand, warum sie lachten.

»Und wieso gerade Kaminkehrer?«

»Weil die so schmutzig sind; die müssen sich bestimmt nie waschen!«

Da lachten sie dann alle noch lauter, die Richterin, der Anwalt, alle Anwesenden, vielleicht sogar die Angeklagte, dabei war es mir doch ernst mit dem, was ich sagte, und gerade die Angeklagte hätte es am besten wissen müssen. Abends hatte sie mich immer gebadet, als wäre ich eine Ente. Zumindest schien sie zu glauben, ich könnte es genau so lange unter Wasser aushalten, denn sie drückte meinen Kopf stets lange unter Wasser und sagte dann immer – mit einem Lächeln auf den Lippen – so etwas wie: »Ist doch schön, das Plantschen, nicht?« Wenn ich dann nach Luft rang und schon eine Menge Wasser geschluckt hatte, setzte sie das Spiel noch ein bißchen fort, hob mich schließlich aus dem Zuber, streichelte mich mit einer eigenartigen Liebheit, als würde sie bedauern, daß sie eben noch grausam gewesen war, dann aber ließ sie mich auf dem Tisch liegen, nackt, und sagte gleichmütig, als wollte sie sich ihre Rührung nicht anmerken lassen: »Also, anziehen kannst du dich doch schon selber, so klein bist du nicht mehr.«

Diese Frau wurde verurteilt, mich brachte man zurück in die Kinderstadt, und das »Einfahrt verboten!«-Schild wurde zu meinem Kennzeichen – ich hätte es mir auch ans Herz hängen können, so ängstlich, zerschunden und mißtrauisch war ich damals schon geworden.

*

Vati war noch im Gefängnis, Mutti hatte Nachtschicht, sie arbeitete in Farkaslyuk. Mari und ich, wir saßen in der warmen Küche auf einem Bett, Zsuzsi und Árpi auf einem anderen. Nach dem Spiel waren wir müde geworden. Wir hörten dem Knacksen des Feuers im Sparherd zu, das Feuer brannte langsam ab. Mari stimmte ein Lied an. Draußen war tiefster Winter, es war weiß, bedrückend still, das gelbe Licht, daß durch das Fenster unserer Küchentür nach draußen drang, stolperte im Garten und war beim Maulbeerbaum schon grau. Hunde bellten, als ob sie singen würden, einstimmen würden in Maris

Lied. Wenn Mari sang, wurden wir immer traurig, dann sahen wir, daß auch sie weinte, ihr die Tränen über die Wangen rannen, sich auf den Rücken legte und weitersang. Lange noch. Aus vollem Herzen, und falsch.

Árpi und Zsuzsi begannen einander auf dem Bett anzurempeln.

»Er tritt immer her. So haben wir keinen Platz«, quietschte Zsuzsi.

»Ich muß Lulu«, sagte ich. »Komm mit hinaus«, bat ich Mari.

»Draußen is' es so kalt, mach ins Lavoir!« antwortete sie und wischte sich dabei die Tränen ab.

»Komm mit!« Allein hätte ich mich gefürchtet.

Neben der Küche war links und rechts je ein Zimmer; diese Zimmer benützten wir aber kaum, man konnte sie nicht heizen und auch Möbel waren fast keine dort. Das eine Zimmer war voller Kram und Brennholz und auch das Lavoir war in einem der Zimmer. Wir öffneten die Tür nur einen Spaltbreit, und verschämt stand ich mit heruntergelassener Hose und pinkelte, als sich plötzlich ein Fenster des kalten Zimmers öffnete und ein dicker, sehr, sehr behaarter Arm hereinfuhr, als würde jemand durchs Fenster klettern wollen. Mari schrie auf, entsetzt stürmten wir aus dem Zimmer und voller Angst schloffen wir alle vier auf einem Bett zusammen, wir trauten uns nicht, aus dem Fenster zu schauen, wir warten, ob etwas passieren würde. Es geschah nichts. Die Hunde bellten nicht, Geräusche hörten wir keine, nur das Fenster in dem einen Zimmer stand offen, die Kälte kroch ins Haus und von der Küche aus, durch die weit geöffnete Tür, konnten wir die Sterne sehen.

*

»Der Kirtag war in Csernely immer eine große Sache. Du, erinnerst du dich? Wenn Kirtag war, zogen alle Zigeuner ein weißes Hemd und einen schwarzen Anzug an. Von ein Uhr Nachmittag bis in der Früh wurde dann getrunken. Später dann auch zu anderer Zeit … Erinnerst du dich nicht daran, wie du später immer geraunzt hast: ›Mami, die Mari will mich nicht zum Ringelspiel mitnehmen!‹ ›Mutti, wir müssen ihn immer herumschleppen, da kommen wir ja zu gar nix!‹, sagte Mari, sie hat immer auf dich aufpassen müssen. Bei so einem Anlaß war ich den ganzen Tag nicht zu Hause, ich bettelte um Geld oder Brennholz und ging herum zur Verwandtschaft, die auch hier war. Wir haben dann immer stundenlang getratscht.

Das Ganze ging so weit, daß Mari nicht einmal mehr Zeit gehabt hat, daß sie in die Schule geht. Ich hab sie angefahren: ›Du bleibst daheim oder ich erschlag dich. Wer soll sonst auf die Kinder aufpassen?‹ ›Aber Mami, ich will in die Schule gehen!‹, weinte Mari, weil sie von dir schon genug gehabt hat, und dann ist sie doch nicht gegangen. Der Lehrerin hab ich dann gesagt, daß es großen Zores gibt, wenn das Mädl, die Mari, durchfällt. Sie ist dann auch nicht durchgefallen. Als dann euer Vater bei der Lehrerin nachgefragt hat, was mit der Mari los ist, hat sie nur gesagt: ›Die lernt, wie all die anderen …‹ Wenn die anderen nicht lernten, stimmte das, denn die Mari wurde immer auf den Hof geschickt, um zusammenzukehren, damit sie in den Stunden nicht stört. Ich bin mir nicht sicher, ob sie heute schon weiß, wie man lernen schreibt: mit »stummem h« oder ohne. Deswegen bist du heute so vif, weil sie dumm geblieben is'. Sei ihr dankbar dafür, Bub!«

*

Manchmal verschleißen die Sehnsüchte der Menschen wie alte Kleider. Auch die schönsten, feinsten zerfallen, in diesen Momenten spürt man immer, daß es nicht schön ist, zu leben. Nicht daß es ein schlimmes Gefühl wäre oder weh täte, es ist so, wie was man fühlt, wenn man sich mit einem Ast, der zurückschnellt, die Hand aufkratzt. Es ist keiner Erwähnung wert: Man lebt! Ich sage das, als wäre ich ein Greis, der nicht genau formulieren kann, was er sehr genau fühlt, so wie die wilden Tiere.

*

Jeden Morgen bin ich aufgewacht, wollte nicht zu mir kommen, meine Ohren rauschten, mein Herz trommelte wie ein wildgewordener Eingeborener, ich hatte Fieber, konnte mich kaum aus dem Bett wälzen. Der Arzt wies mich lächelnd zu weiteren Untersuchungen ein, befahl mir, mit den Untersuchungsergebnissen auf jeden Fall zurückzukommen, »Auf Wiederschauen«, sagte er noch, was ganz normal war, doch ich schlug im Medizinlexikon nach, was dieses endocarditis denn bedeutete, das er auf das Papier geschrieben hatte. Mir brach der Schweiß aus allen Poren und das Auf Wiederschauen erschien mir wie ein schlechter Witz.

Endocarditis: unbehandelt führt sie meist zum Tode. Ein Herzklappenfehler kann durch sie entstehen. Die Herzklappen schrumpfen, fallen zusammen oder arbeiten unzureichend.

»Der Onkel Tod ist nah!« dachte ich mir, ich erschrak, beklagte mich bei allen, erzählte es allen, und alle erschraken, als sie erfuhren, welcher Krankheit mich die Ärzte verdächtigten, davon wurde mir noch banger, bis mir ein lieber Bekannter sagte, ich sollte nicht vergessen, daß er mich lieb hätte und ich müßte auf jeden Fall ins Krankenhaus gehen, dann wurde mir schwindelig und ich mußte mich in der Telefonzelle – denn wir telefonierten – auf den Boden setzen und warf meinen Kopf nach links und rechts, stumm, wie eine Wühlmaus; dann schluckte ich, völlig in mich zusammengefallen, meine Tränen, meinen Speichel, meinen Rotz und dachte, daß ich jetzt so aufgeregt sein würde und nicht essen würde können, obwohl Mutti was ganz Feines gekocht hatte, auf das ich mich schon seit Tagen freute.

Die Untersuchungen brachten kein Ergebnis: mein Herz hüpfe zwar ab und zu wie ein unruhiger Frosch, aber das wäre keine Krankheit, es wäre sehr unwahrscheinlich, daß ich krank bin, die Maschine, die genaueres sagen könnte, sei leider kaputt, aber ich solle mir keine Sorgen machen, denn aus ihrer ärztlichen Erfahrung könnten sie ganz sicher sagen: Mir fehlte nichts. Ich sollte eher zu einem Psychiater gehen!

Und ich ging, und die ganze Welt stand plötzlich Kopf, weil all die Erinnerungen, die Schmerzen zurückkamen, die verbockte Edina-Liebe, die Szenen, wie ich mich vor meiner Ziehmutter nackt ausziehen mußte und sie mir das Gesicht in die Hühnerscheiße drückte und schrie: »Friß, sonst verhungerst du uns noch!!« Ich erinnerte mich wieder an die qualvollen Bäder, an die Bestrafungen, daran, wie ich stundenlang auf Maiskörnern knien mußte, ich erinnerte mich an Boshaftigkeiten, an aggressive, frauenhungrige Jungen, an die untreue Mari, an meine gebrochene Mutter, an Vati, als er aus dem Gefängnis nach Hause kam und uns Kindern zwei Handvoll Geldscheine hinstreute und Mutti umarmte; ich erinnerte mich an meine Rumpelstilzchenmütze, für die ich mich schämte; ich erinnerte mich an die Rodelpartien in Csernely, an die zwei schönen Augen der teuren Malbi, an das Gespött, weil ich Zigeuner war, an Edinas Haut und an die Szene, als wir in der Kirche knieten und ich ihr sagte: »Du bist jetzt Julia, darf ich dein Romeo sein?«, und sie sagte »ja«, und damit log sie schon; ich erinnerte mich, daß Mutti und Vati am Abend miteinander geschlafen hatten und ich am nächsten Morgen, als ich zur Schule aufbrach, aus Wut oder Eifersucht die zehn Forint nicht annahm, die man uns jeden Morgen gab (zweifünfzig kostete ein Langosch, und auch eine Schokoladeschnecke ging sich noch aus); ich erinnere mich, wie der Lali Mari umwarb und wie ich mich freute, als er kam, weil er mir immer ein wenig Geld zusteckte; ich erinnerte mich daran, daß eine Familie, die an der Jáki-Straße wohnte, verliebt in Árpi war, eine ganze Familie, jede Tochter, und Árpi hat sie auch alle ausprobiert, und ich log irgendwelche Blödsinnigkeiten, erzählte einem der Mädchen, daß Árpi im Schlaf immer spreche und sagte, wie sehr er gerade sie liebte, dafür bekam ich Geld; ich erinnerte mich an die Nachbarin, die Mari verdrosch, obwohl sie schwanger war, und daß Mutti wiederum die alte Nachbarin, die Frau Király verdrosch, ihr sogar den Arm brach, doch bei Gericht wurde sie freigesprochen; ich mußte mich an alles erinnern, an das Gute, an das Schlechte, an die Stürme, an die Strudel und Wirbel meiner Vergangenheit, und mir wurde schwindelig, ich wurde krank, in die Psychiatrie gesperrt, erzählte tagelang jedem nur über mich, alle sagten, ich sei ein wertvoller Mensch, dann wurde ich entlassen, und ich wurde wieder krank, wollte mich umbringen, und nichts veränderte sich, nur Mutti wurde älter und ich immer düsterer, finsterer, immer schwärzer.

*

Wenn es heute stürmt und so aussieht, als würde sich der Himmel mit seinen schmutzigen Wolken in Bewegung setzen, oder wenn ich an einem Weg stehe, der aus dem Nichts kommt und ins Nichts führt; in solchen schamlos romantischen Augenblicken kommt mir das alles wieder in den Sinn. Mir ist, als sähe ich Mama und Papa wieder, hoch gewachsen, wie sie reden, wie sie streiten und wie sie lächeln, auf einem sicher symbolisch zu deutenden (und klapprigen) Wagen sitzend, und hinter ihnen – wir, ihre Kinder; und aus diesem Treiben schaue ich mit großen dunklen Augen und ernstem Gesicht auf mein heutiges zwergenhaftes Ich. Vergangen sind meine Tränen, doch nicht vergangen sind diese Zigeunerzeiten.

Der Strom

»Ich muß den Strom abschalten«, rief ein Mann mit Elektrikertasche, der am Gartentor stand.

Die Hunde hatte Vater schon beruhigt.

»Warum denn?«, fragte er, als würde er sich ein ein wenig schämen, mit unsicherer Stimme, obwohl er die Antwort schon wußte.

Mutter kam auch aus dem Haus.

Es war ein schöner Frühsommertag, klarer Himmel, mittägliche Ruhe.

»Ich kenn die Vorgeschichte nicht«, sagte der Elektriker, »hier auf dem Zettel steht, daß ich hierher kommen muß.«

»Hast du die Stromrechnung nicht bezahlt?«, fragte Vati.

»Wovon denn?«, fragte Mutti.

Der Elektriker wischte sich über die Stirn.

»Duuu«, zischte Vati und stampfte in Richtung Mutti auf.

Dann lief er ins Haus.

»Sagen Sie doch, daß wir nicht zu Hause gewesen sind!« Mutti stellte sich vor den Mann hin.

»Ich bin zum zweiten Mal da.«

»Müssen Sie auch zu anderen gehen? Gehen Sie doch zuerst dorthin, ich schau mich um Geld um.«

Wir liefen zwei Häuser weiter, zur verrückten Familie.

Der Nachbar begann sein »Ach, ja, wir würden euch schon was geben, der Strom, den braucht man ja, gibt's keinen Strom, ist's finster«-Sprüchlein, doch er bemerkte, daß wir schon wieder am Gehen waren. Plötzlich schwang er zweimal seine Fliegenklatsche in unsere Richtung und wir setzten uns wie verzaubert neben ihn auf den Diwan.

»Meine Frau ist kränklich, meine Tochter ist auch kränklich, aber sie hätte halt sehr gute Fähigkeiten. Ich würde mir wünschen, daß sie in der Zukunft Erfolg hat. Vier Töchter hab ich, aber die sind in alle Himmelsrichtungen zerstreut. Auf gut deutsch: die eine ist in Budapest, die kleinere, gell, in Csongrád, die dritte hier zu Haus', und die kleinste, leider, in Tokaj und ganz krank. Das ist ein großes Problem, denn jetzt hab ich irgendwie gar keinen Draht mehr zu ihnen. Die kleinste ist krank. Ich weiß nicht, was sie hat. Mir haben sie nichts verraten. Ich mein' es ernst! Und deswegen bin ich bis heut angefressen. Vor lauter Schulden weiß ich nicht, wo mir der Schädel steht. Seitdem sie zwei ist, ist sie in Tokaj. Jetzt ist sie schon sechzehn vorbei. Wenn ich genau nachrechne … In irgendeinem Sanatorium ist sie, so was besonderes, so was, wo man nur mit Kindern ... Dort sind zwei Leute, die schauen aus wie Juden, der L. F. und die L. F., Mann und Frau, und eigentlich sind sie beide Direktoren. Das haben sie mir gesagt, doch was da dahinter steckt, ich weiß es nicht.

Und wir leben hier, im Dorf. In diesem Haus, und wie lange schon! Fünfundzwanzig oder dreißig Jahre. Im 70er Jahr bin ich hierhergekommen, da kann man sich's ja ausrechnen. Früher hab ich drei Jahre in der Zigeunersiedlung gewohnt, im Haus vom Onkel Aladár. Ich komm aus einer talentierten Familie, jeder hat irgendwas können. Wir waren sieben Geschwister. Vier Buben und drei Mädel, das macht sieben, genau sieben.

Ich hab in meinem Leben schon alles gemacht. Einmal war ich Masseur. Ich massier dir den Schmerz aus der Hand, aus dem Fuß, da schaust du nur mehr. Das hab ich von meiner Großmutter gelernt. Sie ist 104 geworden. Und immer hab ich umsonst gearbeitet. Auf ein Bier hat man mich eingeladen oder was anderes, solche Sachen, aber heute brauch' ich auch das nicht mehr. Aber es kommt keiner mehr, alle haben vergessen, daß ich so was kann. Massieren. Achtzehn Jahre lang hab ich das gelernt, neben der Arbeit hab ich mich weitergebildet. Ich bin Automechaniker gewesen, Kranführer, nicht, Wassermann. Da schaust du jetzt, was? Der Wassermann paßt immer auf, auf den Hochofen, damit er nicht explodiert. Ich hab da aufgepaßt, zweiunddreißig Jahre hab ich dort gearbeitet, in Ózd, im Stahlwerk. Zweiunddreißig Jahre und achtundzwanzig Tage. Dort hab ich mir einmal den Fuß gebrochen, und einmal ist mir was ins Auge gesprungen, seitdem tut's mir weh. Beim Hochofen. Und umsonst probier ich seitdem gesund zu werden, medizinisch, es geht nicht. Immer rinnen mir die Tränen herunter. Kann man nix machen, sagt der Arzt, der Tränensack is' schuld. Ein schwacher Tränensack. Aber sehen, sehen tu ich.

Na, irgendwann war das auch vorbei. Der Bod Péter Ákos ist gekommen, der Minister: ›Einen Schlußstrich ziehen, Abrechnung, alles ist zu Ende, aus mit dem Betrieb, alle hinaus, aber schnell!‹ Und dann sind die vielen Reporter gekommen, ich hab gesagt, kommt schon, Kameraden, stoßen wir die auseinander! Ist's nicht genug, daß sie uns hinausgeschmissen haben, jetzt sind die auch noch da!? Dann war nichts mehr. Nur das Elend. Bitte, hier seht ihr es. Das ist das Ende. Der Kreis hat sich geschlossen.

Jetzt leben wir schon von der Pension, und die Frau kriegt Notstandshilfe, das Mädl lebt auch von der Wohlfahrt, das ist dreimal neun, siebenundzwanzig, wenn ich so herumrechne, fast dreißigtausend Forint, und von dem leben wir, irgendwie. Und immer müssen wir irgendwas zahlen, Fernsehsteuer, Strom, Gas jetzt keins, es ist ja Sommer, nicht, aber einen Kühlschrank, den brauchen wir schon, das Leben muß ja irgendwie weitergehen.

Früher hab ich auch gezeichnet, zum Zeichnen, ja dafür hab ich auch Talent gehabt. Singen kann ich auch, das ist kein Zufall. Den Armstrong kann ich nachmachen, aber auch auf französisch, auf italienisch kann ich singen.

Ich hab immer schöne Erfolge gehabt. Aber dann haben sie sich in mein Leben eingemischt, darum hab ich nicht weiterkönnen, bis nach Miskolc bin ich gekommen, aber weiter … nicht. Schnitt. Aus. Bin nicht weiter gekommen, weil meine Mutter hat es mir nicht erlaubt. Sie haben mich nicht nach Deutschland gelassen, da hätt' ich dann perfekt Deutsch gelernt, Deutsch könnt ich jetzt. Sechzehn war ich damals, meine Karrier' hab ich mit vierzehn angefangen. Dreieinhalb Jahre war ich bei einem Chor. Dann bin ich achtzehn Jahr' auf der Bühne gestanden. Als Sänger. Überall hab ich mich beworben. Aber es war alles umsonst. Es war eine verzwickte Lage, gell. Das Talent kriegt man nicht umsonst, dafür muß man kämpfen, ich weiß das genau.

In Putnok bin ich noch Erster geworden. Schon dort haben sie gesagt: ›Warum sind Sie nach Putnok gekommen und nicht nach Miskolc gefahren?‹ Und ich hab gesagt: ›Schauen Sie, ich kann dort nicht hinfahren.‹ Meine Mutter hätt' das erlauben müssen, leider, unterschreiben. Wegen dem Schreiben wollten sie mich nicht lassen. Irgendwer muß auf dem Feld arbeiten, hat sie immer gesagt. So war das Leben. Eine beschränkte Denkweise halt.

Und die Künstlergruppe ist dann zerfallen. Alle haben geheiratet, leider die meisten, mit denen ich in der Gruppe war. Das Leben hat da mitgeredet. Am Schluß hab ich mich entschlossen, daß ich doch lieber bleibe, was ich war, Hochofenarbeiter, Wassermann. Ich hätt' gerne weitergetan mit dem Singen, aber hier gibt's keine Ausweichmöglichkeiten, gibt's keine so repräsentativen Leute, mit denen ich so eine Gruppe machen könnt'. So was gibt's nur in Budapest, wo's ein Theater gibt und Schauspielgruppen. Hier gibt's nur die Unmöglichkeit.

Wenn ich die vier Millionen gewinnen würde, ich sag's nur so, dann würd' ich wegziehen von hier. An so einen Ort, wo's alles gibt. Nicht nur Tanz und Musik, sondern alles, was so zum Leben gehört. Und das könnt' ich dann auch alles haben. In die Stadt würd' ich gehen. Wo's nicht so dreckig und schlampig is' wie hier. Einmal hab ich den VIER GROSSEN BLONDEN eine Kassette nach Amerika geschickt, hab mir nicht gedacht, daß sie das interessiert. Die haben gut gesungen. Ich hab was auf die Kassette gesungen. Und die haben sich bedankt. In Amerika sagt man irgendwie anders danke, auf Französisch weiß ich's: ›mersi‹. Den Brief find ich nicht mehr.

Vierzig-, fünfzigtausend wären auch genug. Oder hunderttausend, das wär' besser. Dann würd' ich dir auch was geben.

Hier ist alles fad, nicht? Immer is' was los im Dorf, aber ich geh nie hin. Jetzt ist ja auch was gewesen, dieser Ball. Ich bin mit dem Mädel hin, hab ihr gesagt, geh'n wir nicht, weil da gibt's dann sicher eine Schlägerei. Na, was hab ich gesagt!? Mangels an Beweisen kann ich nichts sagen über die ganze Sache, nur was ich gesehen hab. Einen haben sie niedergestochen, der hat geblutet … aber Grund weiß ich keinen.

Es gibt immer Schlägereien. Irgendwer fängt immer zum Schlägern an. Obwohl man's nicht sollte. Man kann alles ohne Streiten erledigen, wenn man's nur probiert. Aber so sind halt die Zigeuner. Im allgemeinen. Von den Zigeunern kann man im ganzen Land, von überall hören. Jetzt ist auch wieder was gewesen. Irgendwer hat viel Geld gestohlen. Ich seh das, immer und überall. Schön wär's, wenn ich so was nicht sehen müßte. Immer nur Verbrechen.

Wenn ich der Polizist wär', würd' ich den ganzen Komplex ändern, alle Menschen. Wenn ich das lösen könnte, aber dazu brauch man so eine Lösung, da gibt's kein Gesetz dafür, ehrlich gesagt. Härtere Gesetze würd' man brauchen, das wär' zielführend. Die Menschen würden schon anders, bei einem strengen Gesetz.

Für solche Leute, die sich was trauen, für die ist's halt hier interessanter, die finden auch hier Arbeit. Na, aber ich bin schon 51. Für mich nix. Aus. Zu mir sagen sie nur: ›Geh heim, Alter.‹ Da braucht man eine Gabe, da braucht man Mut für die Arbeit. Sie vertrösten einen immer nur: ›Das wird so und so!‹ Wie wenn's immer nur um die eigene Brieftasche gehen würde. Aber den Hintergrund, den kenn ich nicht.

Ich würd' alles machen. Viehzüchten, aber ich hab keinen solchen Stall usw. Eine Geldfrage. Ungefähr zweihunderttausend Forint würd' ich brauchen. Aber dazu müßte man schon Unternehmer sein. Steuersachen, so was, das könnt ich nicht.

Ich könnt ja singen. Oder Studien anfertigen. Ich hab schon Fische gezeichnet. Ein ganzes Heft voll. Mich interessiert alles. Ganz besonders die Tiere und die Flora. Da schau ich immer ganz genau. Wels, Hecht, Karpfen. Die kenn ich. Ich hab an der Sajó gewohnt, aber das Wasser war eine zeitlang ganz trüb, dann war's wieder klar und sauber, dann waren aber viel weniger Fische drinnen. Die sind alle zugrunde gegangen. Die Papierfabrik in Özörény hat die Fische umgebracht. Aus der Tschechoslowakei ist der Dreck hergeronnen, drum hat man ihn Só-Fluß genannt, weil bis dahin hat er so geheißen, wie ich weiß. Später ist er dann erst zur Sajó geworden.

Aber mit der Familie zumindest, bin ich zufrieden. Daß sie alle anständig sind. Damit bin ich gar nicht zufrieden, daß ich Gaunereien und böse Sachen sehe. Das darf nicht sein. Das müßt' sich die Menschheit abgewöhnen, dafür braucht man aber viel Sympathie und einen Respekt, der im Leben nicht typisch ist. Da sind die Eseltreiber, auch die haben uns letzte Woche angegriffen. So war's, aber ich hab uns verteidigt. Einer ist hier ins Haus gekommen und hat gesagt, irgendwann wird er mich verdreschen. Es war fast Mitternacht. Er ist durchs Fenster gekommen, hat's eingehaut. ›Gut, Bruder, komm mit auf den Hof‹, hab ich gesagt. Ich hab ihn hinausgeschleppt, habe ihn fünfmal, sechsmal, achtmal, wer weiß, wie oft, gedroschen, dann hab ich die Axt genommen, aber immer getreten und gehaut, da hab ich nicht aufgehört. Dann ist er gestolpert, über die Stiege gefallen und davongerannt.

Es hat nichts gefehlt, Gott sei Dank.

Dann hab ich mir den Lajos holen müssen, weil ich nicht gewußt hab, ob sie noch einmal kommen. Der Mensch hat so einen verdatterten kleinen Teil, der was ihn ganz aufbringt. Mit einem Wort: das Herz, nicht? Die Unruhe tut keinem gut. Die Eseltreiber sind solche Zigeuner, die gern so was machen, aber es kann auch sein, daß ihnen wer was gezahlt hat, die haben gewußt, daß wir um die Zeit Geld kriegen auf der Post, ich glaube, irgendeine Familie, die, die auch mit der Schlägerei angefangen hat. Die Eseltreiber sind noch so herumziehende Zigeuner, drum sind sie auch hierher gekommen. Das ist die Schuld von der Gemeinde. Man dürfte so eine

Familie, die nur herumgammelt und solche unmöglichen Sachen macht … Die müßte man aus dem Land ausweisen, sie einsperren, wo sie lernen, was sich gehört, wie man sich benimmt, Menschlichkeit, wie man lebt. Das wär' das Wahre. Nicht immer nur streiten und raufen. Das Leben ernst nehmen. Gibt's einen Zigeuner, der das Leben ernst nimmt? Nein, den gibt's nicht. Da muß ich nur lachen. Die Zigeuner müßten leben wie die Palotzen. Was haben die für eine Tracht? Eine wunderschöne. Ja, die haben sie.

Mit Rosen und einem Kittel mit Spitzen, so was. Was anderes hab ich nicht gesehen. Aber. Ich hab auch schon Wanderzigeuner in schönem Gewand gesehen. Wie ich noch ein Kind war. Höchstens zwölf Jahre alt. Aber diese Tage sind schon lange vergangen. Es hat gute und hat schlechte Tage gegeben. Jetzt sind die schlechtesten. So richtige unentschiedene Situationen. So weit hätt' es nicht kommen dürfen.

Es war so schön, wie ich als Achtjähriger, Zehnjähriger mit dem Singen angefangen habe, ich war immer gut aufgelegt, viele haben mir zugehört, und dann bin ich zum Chor gekommen. Die Tante Kató hat mich unterrichtet, aber die ist heute auch schon im Ausland. In der Schule hab ich in Zeichnen immer einen Einser gehabt, dreißig Einser hab ich gehabt, ich war ausgezeichnet in der Schule, und alles hab ich gezeichnet. So was, wie die Leute mit dem Kopf nach unten in die Kirche gehen. Aber die Bilder sind alle verloren gegangen.

Meine Tochter zeichnet auch, schon von der Kindheit an. Mit vier oder fünf. Da war es noch so was Schleichendes. Das Talent bricht dann ja von selber aus. Seitdem sie krank ist, macht sie nur mehr das. Ich weiß nicht, was sie hat. Irgendwas ganz Schlimmes. Mit den Nerven. Sie ist zu nervös, wenn sie sich aufregt, muß man sie allein lassen. Dann schmeißt sie alles in der Gegend herum. Sie schluckt Tabletten, aber das hilft nix. Und das wird nur besser, ich weiß, wenn sie viel, viel Ruhe hat und viel, viel Sympathie. Das würd' sie brauchen. Neben den Doktoren. Und das ist schwierig. Und auch die Psychiater wissen es nicht. Selbsteinschätzung würde man da brauchen. Die Doktoren wissen die Symptome, kennen sie, aber die Selbsteinschätzung können sie ihr nicht geben.

Das Mädl zeichnet wirklich gut. In Pest haben sie schon Bilder von ihr verkauft. Alle haben sie verkauft. Aber seitdem nichts. Und sie hat auch nichts dafür gekriegt. Man kann sie leicht übers Ohr hauen, weil sie das nicht interessiert. Aber ich möchte, daß zumindest sie einen Erfolg hat. Sie hat sich auch in der Schule angemeldet, auf der Kunstakademie, aber sie haben sie nicht aufgenommen, haben ihr nur gesagt, sie soll das nicht machen, weil sie krank is'. Ich kann nix für sie tun. Wenn ich an ihrer Stelle wär', würde ich mich schon aufraffen irgendwie, aber ich kann nicht sie aufraffen.

Ich wart immer darauf, daß es besser wird, aber es wird immer schlechter.

Da ist die Pension. Sie haben gesagt, die wird mehr, und was is': erst im Jänner. Und ich sitz' hier ungeduldig. Ich möchte auch aus dieser Welt ausbrechen, aber es geht nicht mehr, mit 51 Jahre'. Ich will es nur besser haben und ganz ruhig. Mehr will ich gar nicht mehr, von nichts und niemandem. Weil es sich nicht auszahlt. Der eine sekkiert den anderen nur, ärgert ihn die ganze Zeit, statt daß er den Tatsachen ins Auge schaut. Aber dazu würde man den lieben Gott brauchen, daß er die Menschheit aufhaltet. Darum bete ich jeden Abend endlos lang. Oh, lieber Gott, ich muß dir danken, daß du mich den ganzen Tag so gern gehabt hast. Erlöse mich von meinen Sünden durch das Blut deines Heiligen. Dein wachendes Auge beschütze mich, beschütze jede Nacht meinen Leib und meine Seele. Heiliger Vater, jungfräuliche Mutter, seid jetzt und alle Zeit bei mir, wenn ihr mich behütet, findet mein Herz Ruhe. Amen. Das hilft mir, da spür ich immer Erleichterung. Gott fährt in mich hinein, irgendein göttlicher Hauch. So was kann man nicht erklären, das spürt man; seelisch ändert sich da was, und ich fühl mich wohler. Wie ein Stein, den man in die Luft geschmissen hat, so fühl ich mich, ganz leicht. Wenn ich mir von Gott was wünschen dürfte, dann nur, daß er die Menschheit erleuchtet. Jeder soll seine Möglichkeiten ausnutzen, aber keinen Blödsinn machen. Und die Leute sollen sich nicht gegenseitig umbringen.

Der Tod interessiert mich nicht, ich fürchte mich nicht vor ihm. Darum bin ich, wenn es zu einer Schlägerei kommt, zu allem imstande, wenn ich meine Familie verteidigen muß. So ein Mensch bin ich. Mein Leben würd' ich für meine Familie geben. Weil die Frechheit hat ja überall Grenzen. Ich war immer und überall so, schon in der Schule. Wenn mich wer am Ohr gerissen hat, hab ich es ihm zurückgegeben. Kein Erbarmen, Schmäh ohne. ›Alter, tu das nicht‹, hab ich ihn angefahren, wenn er's wieder getan hat, dann hab ich's ihm gezeigt. Am Schluß haben wir uns dann immer geeinigt.

Aber ich hab eigentlich keine Freunde mehr.

Ich sag euch was: Freundschaft gibt's nicht, Brüderlichkeit gibt's nicht, dies nicht und das nicht, nicht zwischen den einen und auch nicht zwischen den anderen. Unter tausend, wenn es vielleicht einen gibt, in dem ein bißchen davon ist. Jeder Mensch sollte ein Talent haben, weil das gibt einem Kraft, und sagt einem, daß man wichtig is'; und damit kann man sich beschäftigen. Und dann bräuchte man eine ruhige Familie, wo man in Sicherheit ist. Dann würde es gute Menschen geben. Die Familie ist wichtig und dann auch noch das Talent, in der ganzen Familie, und das wird dann weitergegeben. Das sollten alle machen. Weil das Talent kann man keinem wegnehmen und keinem abkaufen, und keiner kann sich ein Talent kaufen. Das geht nicht.«

Er fuhr mit seiner Fliegenklatsche wieder zweimal durch die Luft und Mutti und ich sprangen auf und liefen davon, geradewegs zum nächsten Nachbarn. Enten, Hühner liefen dort im Hof herum, Mutti atmete schwer:

»Der Stromableser ist da und klemmt den Strom ab, wenn wir nicht zahlen. Helfen S' mir doch aus. Das letzte Mal.«

Die Frau überlegte.

»Nein, es geht nicht, 's geht nicht.«

Meine Schwester und ihr Mann waren nicht zu Hause, der Pfarrer war irgendwo im Ausland, eine halbe Stunde waren wir schon unterwegs, wir hätten schon lange wieder umkehren sollen.

»Vielleicht dann die Eseltreiber«, sagte Mutti.

Wir liefen an den Rand des Dorfes, dort lagen auf einem kleinen Hügel drei Eseltreiber im Gras. Sie waren im Dorf verschrien, redeten mit keinem, gingen immer nur ins Wirtshaus, tranken, sprachen kein Wort, manchmal standen sie mit Wunden im Gesicht am Straßenrand, man erzählte sich, sie würden ständig raufen, sie würden stehlen. Sie hatten zwei Esel – ganz in der Nähe ließen die Esel ihre Ohren hängen –, die ihre ganze Habe, Decken, Taschen schleppen mußten, wenn sie irgendwohin aufbrachen.

Argwöhnisch empfingen sie uns, mit hochgezogener Nase, mit offenem Mund hörten sie Mutti zu. Sie rührten sich nicht, einer schließlich dann doch. Zielstrebig, als könnte er nichts anderes tun, zog er irgendwo unter seiner Kleidung einen Geldschein hervor und ohne ein Wort zu sagen, er schaute auch nicht an, was er überreichte, drückte er Mutti das Geld in die Hand. Er setzte sich wieder ins Gras und nahm einen Halm zwischen die Zähne.

Der Stromableser saß in der Küche, Vati unterhielt sich mit ihm, gab ihm zu rauchen, solange wir unterwegs waren.

»Hundert Forint hab ich besorgen können«, fiel Mutti auf den Sessel nieder.

Vati lief mit haßerfülltem Blick aus der Küche.

»Und der spielt auch noch den Beleidigten!« Mutti bekam kaum Luft.

Fragend schauten wir den Stromableser an.

»Nun …«, stöhnte er, »Sie geben mir jetzt den Hunderter, ich klemm den Strom ab und klemm ihn hinter dem Zähler wieder an. Dann haben Sie Strom, aber der Zähler dreht sich nicht. Sie müssen mir aber versprechen, daß Sie die Rechnung im nächsten Monat ganz sicher einzahlen. Dann montier ich es wieder um.«

Mutti nickte.

Mein großer Bruder

Zunächst hat er mich oft verdroschen. Das sind meine frühesten Erinnerungen an ihn: wir waren alleine zu Hause und er quälte mich. Er steckte mich unter die Bettdecke, sodaß ich kaum Luft bekam, oder er sperrte mich in den Schrank und ich schrie und weinte vergeblich, er ließ mich nicht heraus. Wenn ich davonlief, endlich einmal die Wohnungstür erreichte, lief ich dann ohne Mantel durch den kalten Winter, er kam mir nach und rieb mich mit Schnee ein. Wenn dann Mutti nach Hause kam, erzählte ich ihr von den Grausamkeiten. Sie hörte mir aber nicht wirklich zu, sie beruhigte mich nur, alles in Ordnung, keine Angst, jetzt ist sie ja schon zu Hause, jetzt traut er sich nicht mehr, aber bestraft wurde mein Bruder nie. Vielleicht nahm sie gar nicht ernst, was ich erzählte, weil Árpi alles abstritt. »Wir haben nur gespielt!« log er und Mutti glaubte ihm.

Dann begann auch ich zu quälen, ich quälte meine Tiere. Vati brachte damals oft Hunde oder Katzen mit nach Hause (einmal sogar einen Wanderfalken), und ich führte sie bei uns ein, indem ich sie alle quälte. Die Katzen mögen es überhaupt nicht, wenn man sie beim

Schwanz faßt und mit ihnen Karussell spielt. Eine kratzte mich in ihrem Schmerz sogar, obwohl sie damals schon große Angst vor mir hatte. Ich wurde, so wie Vati immer, plötzlich furchtbar wütend und schlug sie mit voller Kraft gegen den glühend heißen Kachelofen. Die Hunde sind an der Nase und an den Ohren besonders empfindlich. Der Nachbar hat nach einer Zeit dann alle unsere Tiere vergiftet. Weinend sah ich ihnen beim Sterben zu und wie sie steif wurden, dann bekam ich einen neuen Hund, eine neue Katze und ich quälte sie wieder und der Nachbar brachte sie wieder um. In meiner Kindheit waren das Vergehen und die Vernichtung viel natürlicher als heute.

Árpi verursachte mir die größten Qualen nicht mit den Schlägen, sondern mit seinen Lügen. Von ihm lernte ich, daß man auch lügen kann. Wenn er in der Küche Lärm machte und Mutti aus dem Zimmer rief, was denn schon wieder los sei, sagte er, ohne mit der Wimper zu zucken: »Tamás hat ein Glas zerbrochen!« Und ich stand neben ihm, als hätte wirklich ich das Glas zerbrochen, obwohl mich nur seine Lüge so verdutze. Ich war's, wenn er furzte; ich war's, der die Rauferei begonnen hatte; ich hätte mehr Schmalzbrote gegessen; er stritt ab, mir etwas gestohlen zu haben. Er war der Stärkere!

Einmal, viel, viel später, rächte ich mich an ihm, ohne es zu wollen. Damals wurde er immer wieder von der Polizei gesucht. Zwei Polizisten kamen, nur Vati und ich waren daheim. Sie fragten, wann wir ihn zuletzt gesehen hätten, ob wir nicht wüßten, wo er sich aufhielte. Vati hätte zuvorkommend geantwortet, aber er wußte nichts, er hatte keine Ahnung von Árpis Angelegenheiten. Mutti verheimlichte vorsorglich alles Schlechte, was mit den Kindern zu tun hatte, und damals gab es viel davon. Die Polizisten wollten schon wieder gehen, als ich vor sie trat, vielleicht taten sie mir leid, weil sie von Vati nichts erfahren hatten:

»Ich weiß, wo die Fahrräder sind.«

»Welche Fahrräder?«, fragte Vati.

»Die der Árpi nach Hause bringt und dann herrichtet.«

Die Polizisten hatten plötzlich ein Funkeln in den Augen. Ich führte sie hinters Haus und zeigte ihnen im Schuppen die vorsorglich versteckten Rahmen, Lampen, Sättel.

»Ich hab das nicht gewußt. Der Bub hat's wohl zufällig gesehen. Ich weiß vom Árpi überhaupt nichts. Ich hab ihn seit Wochen nicht gesehen«, entschuldigte sich Vati.

Ich dachte, ich wäre ein braves Kind gewesen, und sogar die Polizisten lobten mich. Nur Mutti hat mich dann geschimpft, was ich denn für ein Bruder bin. Mit Verachtung schaute sie mich an:

»Du verrätst deinen Bruder? Du!« und spuckte mir vor die Füße.

Ich bekam kein Abendessen und fühlte mich, als ob man mir am Ende der Welt mein Bett gemacht hätte. Damals erlaubte ich es aber dem Schmerz nicht mehr, mich völlig auszuzehren, trotzig dachte ich: »Er hat's verdient! Er hat mich immer geschlagen! Wer stiehlt, den sollen die Polizisten auch erwischen!«

Damals wußte ich nicht, was Gefängnis und was Polizist bedeutete. Ich wußte nicht, daß sie ihn brutal zusammenschlugen, als sie ihn verhörten. Und ich wußte nicht, daß er sich auf der Polizeiwache benahm wie ein sanfter kleiner Junge, alles erzählte und gestand. Ich dachte, er würde mit einem verächtlichen Grinsen alles leugnen und diese ein, zwei Ohrfeigen schlucken, die in so einer Situation nie fehlen dürfen: »Beweist es mir, wenn ihr könnt!«

Aus dem Gefängnis schrieb er seitenlange, verworrene, sentimentale Briefe, aus denen ich ihn erst wirklich kennenlernte. Als wir vors Gefängnis gingen, er uns stumm aus dem Fenster zuwinkte, da herunterzurufen verboten war, tat er mir schon leid. Ich hätte ihn gerne freigesprochen. Ich erfand Theorien, wie er vom rechten Weg abgekommen sein könnte. Er war ein ganz guter Schüler gewesen. »Nur einen Zweier hat er gehabt«, wiederholte Mutti immer wieder, »in Singen, weil er keine Stimme hat«. Als er in die Hauptschule ging, hatte er dann schon Vierer und kaum Dreier. In Musik hatte er immer noch den Zweier. Er hatte sich dann in Budapest an einer Fachmittelschule angemeldet, dort hätte er Maler und Anstreicher gelernt, aber er schwänzte und streunte im ganzen Land herum. Dafür gab er Vati die Schuld. Ich weiß heute nicht mehr, warum und weshalb. Vati konnte man die Schuld immer zuschieben – meist nicht ohne Grund. Dann, nachdem er mit der Schule aufgehört hatte, arbeitete er eine Zeit mit Vati in einer Firma, von dort ist er aber auch bald weggelaufen. In jene Zeit fiel auch seine Ohrenoperation, sie mißlang und sein Gesicht war fortan entstellt – von diesem Zeitpunkt an, wollte ich glauben, hat er alles Böse nur deswegen gemacht, weil ihn der Minderwertigkeitskomplex ganz und gar eingenommen hatte. Er wollte keine Freundschaften schließen, nur mit jenen, bei denen er spürte, daß sie keine „vollwertigen" Menschen waren. Er begann zu stehlen und kam oft nicht nach Hause. Aber in dieser Erklärung gab es nichts, an dem die Gesellschaft oder das Schicksal schuld gehabt hätte. Wenn er gewollt hätte, hätte man auch sein Gesicht wiederherstellen können, und außerdem: Ein Arzt hatte die Operation verhunzt und nicht die Gesellschaft. Ich glaubte, mit solch unergründlichen Wegen muß jeder rechnen und es zeugt von großer Schwäche oder weibischer Empflindlichkeit, wenn jemand deswegen sein Leben versaut. Wie ein Kapitän, der in der Mitte des Ozeans seekrank wird. Ich konnte Árpi für seine Taten nie freisprechen, aber ich hab ihm irgendwann verziehen und ihn auch liebgewonnen.

Er war und ist auch heute noch Muttis Liebling. Er tat so viel Böses, daß er die meiste Liebe brauchte. Einmal, als er sich vor Vati schon lange Zeit versteckt hatte, war er ins verfallene Nachbarhaus gezogen, wohin ich mich nie zu gehen traute, obwohl ich nur über einen Gartenzaun hätte springen müssen, weil ich mich vor den Schlangen im hohen Unkraut fürchtete. Mutti steckte ihm jeden Abend einen Teller Eintopf, ein Stück Brot zu. Einmal schickte sie mich mit Geld zu ihm, aber mit weniger, als er verlangt hatte. Árpi zählte die vielen kleinen Münzen und schmiß sie mir wütend vor die Füße. Es dämmerte schon und wie sehr ich auch suchte, ich fand nicht alle Münzen wieder. »Du könntest dich auch freuen, daß noch irgendwer an dich denkt!« dachte ich, am liebsten wäre ich in Tränen ausgebrochen, weil ich es erniedrigend fand, daß er mir das, was Mutti minutenlang zusammengesucht hatte, einfach vor die Füße schmiß. Diese Geste hab ich von ihm gelernt. Und ich habe von ihm gelernt, daß man sich umbringen kann. Ich spielte am Ende des Gartens, hinter dem Plumpsklo, als er plötzlich vor mir stand, jenseits des Zauns, im Nachbargarten. Er trug einen Pyjama, seine Handgelenke waren verbunden und er lächelte:

»Hol Mutti!«

Er war aus dem Irrenhaus davongelaufen, er hatte sich die Pulsadern aufgeschnitten, er zeigte mir auch, wie. Den Polizisten ist er dann entwischt, sie brachten ihn nämlich ins Krankenhaus und von dort konnte man leichter entkommen. Er brauchte Kleider, Essen, Geld, dann ging er fort, wer weiß, wohin.

Einmal entdeckte ich eines seiner Verstecke. Ich wußte, er hatte zwei davon, irgendeine Höhle am Friedhof und eines bei den nahen Krautfeldern. Dort traf er sich regelmäßig mit seinen Freunden, sie tranken und machten mit Mädchen herum. Ich beobachtete sie, sah, wohin sie gingen, sah, wie sie die Frauen küßten und sie abtatschten, ich fand leere Flaschen, nahm sie mit und löste sie im Geschäft ein. Dann bin ich ihnen wieder nachgeschlichen, doch Árpi bemerkte mich, und obwohl er betrunken war, holte er mich ein – es gab kein Entkommen. Zwei leise, furchtbare Ohrfeigen gab er mir. Vergeblich verfluchte ich ihn, vergeblich drohte ich, ihn bei Mutti zu verraten, ja sogar bei Vati, ja sogar bei den Polizisten, er grinste mich an in seinem Rausch und ging.

*

Árpi hat Muskeln, ist klein und frisiert sich sorgfältig sein krauses Haar. Vielleicht gehen ihm auch schon die Haare aus. Er hat neue, blaue Kasutschi-Jeans an, das Hemd in die Hose gestopft, an seinen braunen Lederslippern baumeln links und rechts kleine lederne Dolden, so steht er vor mir. Seine Hände stecken in den Hosentaschen, mit einem Fuß trommelt er irgendeinen Rhythmus, er kaut Kaugummi und wartet. Er wartet auf irgendjemanden. Auf mich oder auf eine Frau, auf Mutti oder seinen Freund. So hab ich ihn in Erinnerung. Dieses Bild hat sich in mir festgebrannt; und wie er seinen Bizeps anspannte, voller Stolz, und mir erzählte, bei welchen Schlägereien er schon dabei gewesen war. »Und dieser kleine Schwanzlutscher hat gebettelt, daß ich ihm nicht wehtu!« sagte er und dachte wohl, als er verstummte, darüber nach, ob ich ihn verachte für das, was er mir erzählt hatte. »So ist das Leben, wenn du unter Menschen bist, dann zählt nur wenig. Geld, Reichtum, Betrug, Diebstahl, Schlägereien, Kämpfe«, erklärte er mir. »Wenn du aus der Schule kommst, wartet schon die Schule des Lebens auf dich. Eine andere Schule.« Er fühlte, daß er sich in Gemeinplätzen verloren hatte.

Als ich noch überquoll vor Gedichten und Bildern, kam mir die Idee, an die Wände meines Zimmers die für mich schönsten Zeilen zu schreiben. Behutsam malte ich die Buchstaben, einmal kleine, dann große, wie sie gerade zum Gedicht paßten. Árpi schloß sich mir an und half mir mit seiner wunderschönen Schrift bei der Arbeit. »Als wir geboren wurden, weinten wir und alle rund um uns lächelten, wenn wir sterben, sollten wir lächeln und um uns alle weinen.« Diese Worte schrieb er. »Schön, nicht?«, fragte er mich zufrieden. Ich winkte abfällig, der Satz brachte mich in Rage. Er war mir fremd, er war rührselig, so wie Árpi für mich immer gewesen war. Dann begann er meine Gedichte genau abzuschreiben. So wie früher.

Vati schnitt immer ein wenig auf, wenn Gäste bei uns waren. Wenn er nichts mehr über sich selbst zu erzählen wußte, lobte er stets uns Kinder. Was der Tamás für ein guter Schüler ist, und welche Gedichte er schreibt; Árpi ist ganz häuslich, er wäscht, kocht, räumt auf, und was für eine schöne Schrift er hat!; kein Mädchen ist braver als Zsuzsi; kein Mädchen ist braver als Mari. Bei solchen Gelegenheiten schwieg Mutti immer mit einem sauren Lächeln im Gesicht, denn sie wußte, wären die Gäste erst gegangen, würde er wieder ganz anders reden: Die Zsuzsi streunt herum, ist eine Schlampe; was macht Mari den ganzen Tag, sie hilft ja kaum; der Árpi ist ein schlechter Schüler, er hat immer nur Vierer. Bei mir war er zuversichtlich, ich kann mich nicht erinnern, daß er mich irgendwann einmal getadelt hätte.

Bei so einer Gelegenheit schrieb Árpi einem der Gäste ein Gedicht von mir auf, damit dieser sehe, wie schön er schreiben kann und wie schön ich schreibe. Zufrieden streckte er Vati den Zettel hin:

»Ich schreibe schöner als du«, sagte er, und Vater lächelte über den Vergleich.

Wir waren alle stolz auf uns.

*

Ich habe mich seiner entwöhnt. Wenn er aus dem Gefängnis kam, stellte er irgendwas an, Verhaftung, Verhandlung – und wieder saß er. Am Ende jedes seiner Briefe schickte er mir Grüße oder ließ mir ausrichten, ich solle brav sein und besonders aus seinem Beispiel lernen. Diese Zeilen waren fern und sentimental.

Wir kannten uns nicht mehr, als er wieder entlassen wurde, zum letzten Mal. Er wollte, daß ich mich mit ihm unterhalte, daß ich ihm Fragen stelle, daß ich ihn wie meinen großen Bruder behandle, doch er war mir fremd. Ich war schon in der Pubertät, ein kleiner Gott, der daran litt, daß er ständig im Sumpf der Welt versank.

»Du kannst über alles mit mir reden«, sagte er mitten auf der Straße, ich war schon einige Zeit wortlos neben ihm hergetrottet. »Ich bin nicht dumm. Ich hab zwar nicht so viel gelernt wie du, aber ich habe im Gefängis über vieles gelesen.«

Lange erzählte er mir von den Sternen, von Religion, von der Selbstbefriedigung, damit ich sehe, daß man mit ihm auch darüber reden kann, über Liebe und über Sünde. Er hatte recht, denn er sagte nichts.

Wie beeindruckend Árpi aber begonnen hatte! Wie er bei uns am Spielplatz gekickt hatte! Er konnte am besten dribbeln, und mit dem Fahrrad sprang er so weit, man konnte wirklich nur mehr staunen. Einmal stürzte er und schürfte sich ein großes Stück Haut von der Brust ab. Die

Wunde blutete stark, er wusch sich aber nur beim Brunnen und war schon wieder dahin.

Ich staune auch immer darüber, wie er sich mit den Mädchen verhielt. Er blickte immer zu Boden, wenn er mir ihnen sprach, ich konnte ihn nur von weitem beobachten. Was er ihnen wohl sagte? Vielleicht irgendwelche Sentimentalitäten, warum ihm das Mädchen gefalle, wie sie über Beziehungen denke, was ein sinnvoller Zeitvertreib sei, ob man ihm seine Fehler verzeihen könne, weil er wisse, was er über sich selber wissen muß. Eigentlich hat er ihnen wohl erzählt, was er mir auch erzählte.

Eines Abends, nachdem wir das Licht im Zimmer schon abgedreht hatten, klagte ich ihm meine Angst vor dem Tod. (Ich weiß heute nicht mehr, warum ich ihm das erzählte, da ich sicher sein konnte, er würde es sowieso nicht verstehen. Diese Angst schrieb ich meiner krankhaften Sensibilität zu und obwohl ich an ihr litt, war ich auch sehr stolz auf sie. Ich weiß nicht, ob ich sie loswerden oder behalten wollte.) Zuerst antwortete er nicht, es war lange ruhig, dann drehte er sich in seinem Bett um, zog und schüttelte seine Decke zurecht, wie einer, der nicht schlafen kann.

»Es ist nicht gut, darüber nachzudenken«, meinte er. Dann sprachen wir nicht mehr. Ich bin mir sicher, daß er sich noch lange über den Tod Gedanken machte, und ich bewunderte ihn, daß er das konnte und trotzdem so diszipliniert in seinem Bett lag.

*

Über seinem Bett hing ein Plakat von einer nackten Frau. Mutti hatte es an die Wand geklebt, bevor er aus dem Gefängnis entlassen wurde.

»Der Schwanz soll ihm stehn, wenn er nach Hause kommt, drin hat er sowas eh nicht gehabt«, sagte sie und klebte vorsichtig das Bild an die Wand. Sie hatte es aus einem Magazin gerissen.

Langsam gewöhnte ich mich an das Mädchen, wenn ich die Zimmertür öffnete, lächelte es mich an, wenn ich das Zimmer verließ, verabschiedete es sich von mir. Es war ein stiller Zeuge meines damaligen Lebens. Und es war ein stiller Zeuge dessen, was sich im Bett unter ihr Nacht für Nacht ereignete. Árpi brachte nämlich eine Frau nach Hause. Sie zog zu uns ins Zimmer, wo bis dahin nur mein Bruder und ich gewohnt hatten. Tagsüber putzte sie, las, ging nie fort, wartete auf Árpi, sie sprach nur mit ihm – leise – über dieses und jenes. Nicht einmal mit mir sprach sie ein Wort, sie blickte nur manchmal über den Rand eines Buches, wenn ich ins Zimmer kam und irgendwas in meinen Büchern suchte. Sie war ein hübsches Mädchen. Jünger als ich und außerdem unsere Cousine. Árpi hatte sie einfach mitgenommen, ihren Eltern entführt und sagte Mutti ständig, sie würden bald wegziehen in eine eigene Untermiete, wenn er Geld und Arbeit hätte, bis dahin sollte sie doch mit ihm im kleinen Zimmer wohnen dürfen. Damals waren wir schon im zehnten Stock eines Plattenbaus, sie hatten eigentlich beide Platz, auch ich war während des Tages kaum zu Hause – aber die Nächte! Ich legte mich stets zuerst schlafen, damit ich nicht ins Zimmer gehen, durch die

Dunkelheit stolpern müßte, wenn sie schon im Bett wären. Dann duschte sich das Mädchen und legte sich ins Bett, schließlich Árpi, der dann das Licht abdrehte. Sie warteten zehn, fünfzehn Minuten, so lange lagen sie unbeweglich da, dann begann das Bett langsam, rhythmisch zu knarren. Ich spitzte die Ohren: was kann das sein? Machen sie wirklich, woran ich denke? Warum stöhnen sie nicht, warum flüstern sie nicht? Ich quälte mich, weil ich nicht wagte, mich zu rühren, wie sehr ich auch stillhalten wollte, ich konnte nicht, ich mußte mich bewegen, mein Bein war eingeschlafen, rasend schlug mein Herz.

»Das Leintuch ist schon wieder naß«, flüsterte das Mädchen.

Sie flüsterten und zogen das beschmutzte Bettuch ab, schalteten sogar das Licht kurz ein, und legten ein sauberes auf. Dann redeten sie über Mutti und darüber, wohin sie ziehen könnten. Árpi befahl dem Mädchen, Mutti zu gehorchen, ihr beim Aufräumen, beim Kochen zu helfen, einzukaufen, sie solle ihr die Wünsche von den Augen ablesen. Und sie solle nicht so schweigsam sein. Sie solle reden, sich unterhalten. Das war ihm besonders wichtig, darum wiederholte er es noch einige Male. Dann wurde es still, ich dachte, sie wären eingeschlafen.

»Na, nicht schon wieder!« seufzte plötzlich das Mädchen.

Mutti verscheuchte unsere Cousine bald. Árpi begann sie zu schlagen, es war nicht selten, daß sie mit geschwollenem Gesicht in der Küche herumräumte oder aufwischte. Als ich sie fragte, was geschehen war, sagte sie nichts, sie lachte nur verlegen. Ich hätte ihr gerne gesagt, wie schön sie für mich war und daß sie mir leid tat. Ich hätte ihr gerne gesagt, wie viel mehr ich sie schätzte als meinen Bruder, und daß sie jemanden viel Besseren verdiente, weil sie eine Prinzessin ist, die in einem Palast wohnen muß und nicht in einem Plattenbau.

An einem Abend las ich ihr aus dem *Toldi* vor, und endlich begann auch sie zu reden. Sie erzählte von ihrem Leben, sie erzählte mir von sich und ihrer Famile. Wir scherzten ein wenig, begannen uns gegenseitig zu kitzeln, griffen uns an die Schultern, an den Bauch. Unsere Gesichter waren rot vor Erregung.

Ein paar Tage später, nach einer ausführlichen Tracht Prügel, setzte Árpi sie in den Zug und schickte sie nach Hause. Ich glaube, er hat ihr die Jungfräulichkeit genommen.

*

Wir lebten noch in Untermiete, als eines ruhigen Vormittags im Sommer die rumänischen Zigeuner, die ein paar Häuser weiter wohnten, in einer großen Gruppe vor unser Haus zogen und mit Stöcken und Steinen das Fenster, das auf die Straße blickte, einschlugen. Sie schrien, fluchten, zuerst glaubten wir, sie wären alle betrunken und schlügen blind um sich, zerstörten alles, was sich ihnen in den Weg stellte; dann aber bemerkten wir, wie sie uns verwünschten und verfluchten. Wir liefen in die Küche und beobachteten die herumzischenden Glassplitter. Erst dort bemerkten wir, daß Péter, mein kleiner Bruder, genau im Bett unter dem Fenster schlief und auch vom großen Lärm nicht aufwachte. Wir hatten Angst, daß die winzigen Splitter auf sein Gesicht fallen und ihn schneiden könnten. Der orange Vorhang schützte ihn zwar etwas vor den Splittern, die herumflogen, aber es war klar, daß das nicht auf Dauer so weitergehen könnte. Mutti war hilflos und begann voller Angst zu schreien. Sie traute sich nicht ans Fenster, um Péter zu holen. Mutig lief ich zu dem kleinen Bett und und schnappte meinen Bruder inmitten fliegender Steine und derber Flüche, und brachte ihn in die Küche.

Später stellte sich heraus: alles war nur wegen Árpi gewesen. In der Familie gab es drei Mädchen. Vom ältesten bis zum jüngsten, das nur drei, vier Jahre älter war als ich, hatte er mit allen geschlafen. Das kleinste hätte er wohl in Ruhe lassen sollen, deswegen wohl der große Aufruhr.

Die älteste Tochter war nett und umgänglich und redete viel, auch Mutti mochte sie. Sie war oft bei uns und unterhielt sich stundenlang mit Mutti und mit mir. Dann brachte sie auf einmal Geschenke mit; Kaffee, Zucker, dieses und jenes. Wir warteten schließlich schon auf sie. Von den dreien war sie die am wenigsten schöne, sie hatte Pickel im Gesicht, war schlampig angezogen, aber sie bewegte sich unter uns, als wäre sie zu Hause, war direkt, offen und fröhlich, verströmte Zuneigung und Ruhe. Das mittlere Mädchen war geheimnisvoll, dunkel und sprach sehr wenig. Der schmale Mund unter ihrer Hakennase verzog sich nur selten zu einem Lächeln, wenn sie lächelte, war dieses Lächeln ein spöttisches. Die kleinste war so ein rotes Röschen: ganz einfach schön. Und an dieser Blume hätte Árpi nur riechen dürfen, nicht aber die Blütenblätter abreißen.

*

»Mami, Árpi hat aus unserem Kassettenrekorder ein Radio gemacht«, beschwerte sich Mari. Damals war sie schon verheiratet. Sie lebte mit ihrem Mann ganz in der Nähe in Untermiete, und oft bat sie Árpi bei ihr zu übernachten, da ihr Mann Soldat war und sie oft allein zu Hause. Mari fürchtete sich. Árpi ging deswegen bei ihr ein und aus.

»Er hat ihn zerlegt, aber zusammenbauen hat er ihn nimmer können. Nur das Radio spielt. Der Lali bringt mich um«, setzte Mari mit aufrichtiger Verzweiflung fort.

»Dann sagst du halt, daß er runtergefallen ist«, improvisierte Mutti. Ich weiß nicht, ob sie Árpi beschützen oder Mari beruhigen wollte.

Árpi zerlegte einfach alles. Fernseher, Fahrräder, Kassettenrekorder, Plattenspieler, Radios, Schlösser, Öfen. Zu Beginn ging er noch regelmäßig in die Bücherei und lieh sich Bücher aus, in denen erklärt wurde, wie die verschiedenen Apparate funktionieren, aber irgendwann schien ihm das zu langweilig geworden zu sein. Er reparierte mit einer Begeisterung und Unwissenheit, wie sie nur den größten Entdeckern zu eigen ist, und die man in ihrer edlen Beschaffenheit schon Glaube nennen muß. Er hatte selten Erfolg und noch seltener erzählte er von diesen Erfolgen.

*

Es bedurfte vieler Streitereien und Geduld, bis Mutti Árpi jenes Spiel kaufte, das er mir in einem Brief, den er aus dem Gefängnis schrieb, »vererbte«. Ein Fernrohr-Set aus Plastik. Damit war er jeden Abend in den Garten gegangen, auf das Hausdach oder den Schuppen geklettert und hatte den Mond beobachtet. Es war ein teures Geschenk. Ich hätte mich nie getraut, mir sowas zu wünschen, und mich hätte man auch leicht überzeugt, daß einfach kein Geld dafür da wäre, und ich es mir ja kaufen könnte, wenn ich groß wäre. Árpi war nicht zu überzeugen. Er bockte, schmeichelte, stritt wegen dieses Fernrohres, schließlich bekam er es. Er versteckte es in der Speisekammer, damit Vati es nicht finden konnte; hätte er es gesehen, hätte es Streit gegeben. Mutti hatte nämlich zwei, drei Tage, nachdem sie den Lohn abgeholt hatte, niemals einen Groschen mehr übrig. Sie bezahlte Schulden, kaufte uns Kindern Süßigkeiten, Obst, nach denen wir uns dann einen Monat lang nur sehnen konnten. Der halbe Lohn Vatis war immer sofort ausgegeben, die andere Hälfte wurde schon vorher abgezogen, wegen verschiedener Schulden. Mein großer Bruder rebellierte ständig gegen Vati, einmal würde er ihn ohnehin verdreschen, sagte er immer wieder, aber dann wurde er von Vati geschlagen und leistete keinen Widerstand, ob aus Angst oder aus Ehrfurcht, das weiß ich nicht. Und Vati schlug kräftig zu! Ein einziges Mal bekam ich von ihm eine Ohrfeige – die reichte mir für alle Zeiten. Árpi war nach solchen Prügeleien immer grün und blau oder sogar blutig.

»Das Fernrohr gehört jetzt dir, aber vergiß nicht, wenn du mit ihm spielst, daß es das Lieblingsspiel von mir, deinem großen Bruder, gewesen ist!« schrieb er mir aus dem Gefängnis. Ich konnte nicht damit spielen. Jeder Teil davon war so innig mit Árpi verbunden: die Linsen, das Putztuch, die grauen Plastikröhren, die Schachtel, daß ich Angst hatte, mich darüber zu freuen.

Heute fürchtet Árpi sich vor mir. Wenn er mich um etwas bitten will, kommt er nicht persönlich, er wagt es nicht, schickt immer nur seine Freundin. Von seinen Verirrungen und Fehlern erzählt er mir nichts. (Vor einem Monat rief er mich das letzte Mal an, ich sollte ihm zehntausend Forint leihen, weil er in eine Untermiete ziehen wollte, seine Freundin hatte ihn verlassen, er durfte seine zwei Kinder nicht besuchen, er vertraute nur mehr mir ...) Hinter meinem Rücken hält er mich für kalt und gnadenlos, glaube ich, für einen, der keine Liebe kennt, nicht so wie er; die Liebe, wegen der er seine letzte Hose und seine letzten Groschen verschenkt, und die ihn dann berechtigt, so glaubt er, vieles, ja alles von dem Menschen zu fordern, dem er geholfen hat. Er verehrt mich, verleugnet mich, streunt herum, kommt immer wieder vom Weg ab, während ich versuche, geradeaus zu gehen, mich festzuhalten. An mir selbst und an ihm.

Liebe, nie und nimmer

Ich war von der Liebe gezeichnet, als meine Mutter schon vom Tod gezeichnet war. Ich lief einem kalten, herzlosen Mädchen nach, und wenn ich dann nach Hause kam, sah ich mit wachsender Angst, wie Mutti immer blasser, kraftloser wurde. Ich dachte, es wäre ein Zeichen der Besserung, daß sie immer mehr Schleim hustete. Ich beruhigte sie, wenn ich jeden Morgen in die Schule ging:

»Bald bist du wieder gesund.«

»Eh!« sagte sie, obwohl sie dieses Wort nie benützte. »Ich hab schon meine halbe Lunge ausgespuckt. Am Schluß ist nix mehr von ihr da.«

Ich stand neben ihrem Bett. Mein Bruder schlief normalerweise dort, doch damals war er gerade im Gefängnis. Mein kleiner Bruder war noch zu Hause, doch an ihn erinnere ich mich in jener Zeit überhaupt nicht. Er muß zu Hause gewesen sein, doch ich habe keine Erinnerung an ihn. An sein Gesicht erinnere ich mich nicht, nicht an seine Augen, auch nicht an seine Bewegungen. Wahrscheinlich war auch er während des Tages in der Schule. Vati kam nur jedes Wochenende nach Hause. Mutti war allein.

Mutti blieb immer allein, wenn sie krank war. Sie war selten so krank, daß sie im Bett bleiben mußte, dann aber lag sie sehr, sehr lang. Wir schauten sie an, hilflos, wie sie gebrochen dalag, und freuten uns, wenn sie um etwas bat, wenn sie uns etwas anschaffte. Meistens jedoch wollte sie nichts, lag nur, lag da und sagte kein Wort. Wenn wir ihr manchmal in die Augen blickten, ertrug sie lange unseren Blick. Vielleicht, damit wir Zeit hätten, unsere Fragen zu formulieren.

Einmal klagte sie, sie wäre zum Lavoir hinausgegangen, weil sie pinkeln mußte, konnte sich aber nicht halten und fiel in das dreckige, stinkende Wasser.

»Und ihr habt geschlafen!« sagte sie.

Ich fühlte mich nicht angesprochen, diese Anklage galt wohl nicht mir, ich war damals noch der Kleinste in der Familie.

Mutti lag im Bett meines Bruders, der gerade im Gefängnis saß. Mein großer Bruder beging immer irgendwelche kleinen Gaunereien. Er brach Zeitungsstände auf und nahm die Kassa mit, die er dann aber nicht mehr aufmachen konnte. Einmal hatte die Zeitung geschrieben, er hätte mit einer Schere versucht, eine Panzerkassette aufzubrechen. Im Gymnasium hatten wir das gelesen, meine Klassenkameraden, die Lehrer; alle wußten, daß von meinem Bruder die Rede war. Keiner sprach mich darauf an, mutige Menschen sind ja sehr selten. Mit mir sprach man überhaupt selten. Das Leben ereignete sich hinter meinem Rücken, und ich stand alleine im Sturm, mit flatterndem schwarzem Haar, trotzig und weinend. So sehe ich mich auch heute noch.

Mutti wurde ins Krankenhaus gebracht. Somit konnten wir überhaupt nichts mehr anfangen. Mein kleiner Bruder und ich waren ganz auf uns gestellt, wir schliefen in einem Bett und ich versuchte, ruhig zu erscheinen. Wenn Péter eingeschlafen war, schlich ich in die Küche und bewunderte in der Finsternis voller Angst die winzigen Sterne. Wir wohnten im zehnten Stock, in gefährlicher Höhe, in der Geborgenheit der Stahlbetonwände fühlte ich mich, als stünde ich auf dem Gipfel der Welt. Meine dünne Gestalt, die sich im Fensterglas widerspiegelte, verbitterte mich. Ich fühlte mich häßlich und verlassen.

Dann erhielten wir die Nachricht, daß Mutti gestorben war, man hatte sie aber wiederbelebt, die Operation war erfolgreich, aber den größten Teil der Lunge hatte man ihr herausgeschnitten. Sie kann besucht werden, hieß es. Vati war nicht daheim, ich mußte alles organisieren. Ich verschob den Besuch immer wieder. Als am Wochenende Vati nach Hause kam und erfuhr, daß ich nicht im Krankenhaus gewesen war, sprach er mit mir, als wäre ich ein Verräter. In der folgenden Woche ging ich ins Krankenhaus. Mutti war abgemagert, ihre Brust wurde vom Nachthemd nicht bedeckt, weil mehrmals täglich irgendeine Flüssigkeit aus ihrer Lunge abgesaugt wurde. Ich sah ihre vertrockneten Brüste, die zermarterten Brustwarzen. Ich setzte mich an den Tisch, zu den Tellern, die vom Mittagessen übriggeblieben waren. Nur Mutti hatte ihres nicht angerührt.

»Ich kann nichts essen«, sagt sie und bemerkte, daß mir ein wenig schwindelte, als ich auf die Teller blickte.

Ich hatte schon einige Tage oder Wochen nicht mehr anständig gegessen. Für eine Woche hatten wir fünfzig oder hundert Forint, Vati konnte uns nicht mehr überlassen, wenn er am Montag zur Arbeit ging. Bis Freitag, wenn er wieder nach Hause kam, mußten wir damit auskommen; ich kaufte jeden Tag eine Kleinigkeit, damit mein kleiner Bruder jeden Morgen etwas essen konnte, bevor ich ihn in die Schule brachte.

»Dein Hemd ist dreckig«, sagte Mutti, als ich mich über sie beugte, um sie zu küssen.

Ich wollte so schnell wie möglich wieder aus dem Krankenhaus verschwinden.

»Nimm das mit nach Hause!« Mutti deutete auf eine Packung Fruchtsaft, die neben ihrem Bett stand. »Marika hat ihn gebracht, ich kann ihn nicht trinken.«

Mari lud uns dauernd zum Mittagessen ein. Einmal bin ich dann auch zu ihr gegangen, ich schämte mich, als ich mich zu Tisch setzte, weil jeder wußte, daß ich nur zum Essen gekommen war. Deswegen kochte sie für uns, während wir in der Schule waren, sagte aber nichts, schrieb nicht einmal einen Zettel; und das Essen verschimmelte im Backrohr.

Dann kam auch ich ins Krankenhaus. Vati war schon heimgekommen, ich bekam jeden Tag Besuch. Man erzählte mir von Mutti, sie würde langsam, aber sicher gesund, sie erholte sich. Ich wurde operiert, war schwach und mitgenommen; die Operation war zwar nicht gelungen, aber wenigstens hatte ich sie hinter mir. Als ich Mutti im Sanatorium besuchte, wohin sie eingewiesen worden war, streichelte sie mich zärtlich, nachdem sie meine Narben betrachtet hatte.

»Jetzt bekommst du wenigstens richtig Luft durch die Nase«, sagte sie.

Sie war in jenem Sanatorium, in dem ein naher Verwandter ein paar Jahre zuvor gestorben war. Er hatte Asthma, war ein fröhlicher Mensch, mit einem guten Herz. Selbst die Krankenschwestern, ja die Patienten erinnerten sich damals noch an ihn. Ich nannte ihn Onkel Zoli, wenn ich mit ihm redete. Seine Familie wohnte in der Tóth-Árpád-Gasse, als ich das letzte Mal bei ihnen war. In einer Kellerwohnung. Onkel Zoli lag immer im Bett, als wir bei ihnen zu Besuch waren. Es sagte stets etwas Liebes, und wenn Böbő, seine Frau, es nicht sah, drückte er meiner Mutter Geld in die Hand. Auch Böbő war keineswegs geizig, sie war nur von nüchterner Natur, sie stand mit beiden Füßen auf der Erde; bei uns war diese Nüchternheit nicht wirklich groß in Mode.

Einmal, als wir nach Hause aufbrachen, drückte Onkel Zoli Mutti eine Schachtel Zündhölzer in die Hand.

»Hier sind die Zündhölzer, die du haben wolltest. Damit du dir unterwegs eine anrauchen kannst.«

»Aber ich hab doch welche!«

»Blödsinn, deine sind doch aus. Da! Nimm sie mit!« Onkel Zoli bestand darauf.

»Nimm sie nur«, stimmte Böbő zu, ich sah ihr an, daß sie genau wußte, was vor sich ging, sie verstand die Situation.

Nur Mutti schaute verwundert, wie jemand, der nicht weiß, was gespielt wird; sie wußte es aber, sie wußte besser als alle anderen, was gespielt wurde, doch auch die Verwunderung gehörte zum Spiel, es würde eine größere

Freude werden, die Szene später so zu erzählen, als hätte sie wirklich nichts geahnt; und voller Unverständnis steckte sie die Streichholzschachtel ein. Fünfhundert Forint waren drinnen. Viel Geld.

Onkel Zoli hatte wunderschöne Anzüge. Teure Kleider. Es gibt Fotos, auf denen Vati und er inmitten eines Gartens voller Blumen stehen, die Arme einander um die Schultern gelegt, in einem schönen gestreiften Anzug. Der Anzug. Vati ließ sich fast jedes Jahr einen neuen Anzug machen. Unsere Familie war arm, oft hatten wir nichts zu essen, doch Vati, wenn er irgendeine größere Arbeit übernahm und wußte, er würde genug Geld verdienen, ging zum Schneider, ließ sich die Maße abnehmen und bestellte einen schönen Anzug. Wenn er fertig war, zog er ihn an, ging zu Onkel Zoli oder ging damit an irgendeinem Feiertag auf Verwandtenbesuch. Er zeigte sich und seine wunderbaren Kleider mit kaum verheimlichter Freude und Stolz. Ich glaube, hinter seinem Rücken lachten ihn alle aus. Mutti lobte den neuen Anzug freilich, sie traute sich ihn damals nicht mehr nicht zu loben, doch in der Tiefe ihres Herzens war sie wohl verärgert, weil Vati sich, obwohl wir tief in Schulden steckten, einen neuen Anzug nähen ließ. Vati wußte natürlich nie genau, wieviel Schulden wir hatten, er redete sich immer darauf aus, Mutti würde die finanziellen Angelegenheiten erledigen, er gebe ja alles Geld, das er verdiente, bei ihr ab, er gehe nicht ins Wirtshaus, vertrinke seinen Lohn nicht, wie viele andere, Mutti solle ruhig die Sachen erledigen, wie es ihr gefällt. Das Geld war natürlich zu wenig zum Leben. Einen Tag nach dem Zahltag, der für uns wie ein Feiertag war, war kaum etwas übrig, vielleicht so viel, um ein, zwei Tage Speisen kochen zu können, die unsere Geldlosigkeit nicht verrieten.

Einen Tag, bevor der Lohn ausbezahlt wurde, zog Mutti ein schöneres Kleid an, nahm manchmal eines ihrer Kinder bei der Hand und ging in Vatis Betrieb, um das Geld abzuholen. Vati hatte in der Früh einen karierten Zettel auf dem Küchentisch gelassen, darauf war sauber aufgemalt, daß er seine Frau, geborene Ibolya Berki, hiermit ermächtigte, sein Gehalt, das am fünften des Monats fällig ist, zu beheben; Datum und Unterschrift. Wir saßen eine halbe Stunde vor dem Kassenfenster, flüsterten in der Stille erschreckend langer Gänge und ich fragte Mutti immer wieder, ob sie mir auf dem Nachhauseweg dann irgend etwas kaufen würde. Wir warteten noch lange, bis die Kassiererin auftauchte:

»Meine Damen, ich hab Ihnen schon gesagt, wir machen erst um drei auf«, sagte sie und schüttelte den Kopf.

Dann verschwand sie im Büro, schloß die Tür hinter sich, doch ich glaubte zu hören, wie sie mit den anderen tuschelte. Nach langen Minuten steckte sie ihren Kopf durch die Tür:

»Das Geld ist immer noch nicht da», sagte sie im Ihr-wartet-vergeblich-Tonfall.

»Wann kommt es denn? Bitte sagen Sie es uns!« fragte eine der mutigeren Frauen.

»Ich rufe Sie dann.«

Wir warteten und warteten, irgendwann kam dann ein Mann, er brachte einen Sack, in dem braune Papiersäckchen waren, in ihnen der Lohn. Auf einem Säckchen stand Vaters Name und daneben: 3 565 Forint. Mutti mußte das Verrechnungspapier unterschreiben, dann wurde das Geld gezählt und wir konnten gehen: befreit und hungrig, schnurstracks ins erste Geschäft. Zunächst bat ich Mutti noch, mir das längliche, fast durchsichtige Papier zu zeigen, ich wollte wissen, warum Vati so wenig verdiente, wenn doch alle sagen, daß die Maler und Anstreicher gut verdienen, und wirklich, alle Kollegen von Vati, die wir kannten, lebten gut, waren in bescheidenem Maße wohlhabend.

»Was bedeutet ein fünfzigprozentiger Abzug, Mami?«

»Wegen den Schulden. Die werden abgezogen, solange, bis wir sie ganz abgezahlt haben.»

»Wieviel sind das noch?«

»Ich weiß nicht. Viel. Dein Vater hat gemeint, vielleicht ziehen sie auch in zwanzig Jahren noch was ab.«

Ja, die Schulden, stimmte ich zu und fand mich damit ab. Das Geld muß abgezogen werden. Ich rechnete im stillen, was wir uns alles leisten könnten, wenn Vati 6000-7000 Forint verdienen würde. 1100 Forint kostete die Miete, jeden Tag zwei Flaschen Bier, zwei Schachteln Zigaretten, ein Kilo Brot, Milch, Essen kochen – würden wir zwei Monate sparen, könnten wir uns sogar einen Fernseher kaufen und müßten nicht jeden Abend unsere taubstumme Kiste anstarren. Irgendwoher hatten wir einen alten Fernseher bekommen, er hatte kaum noch Kraft, wegen seines schwachen Lichts konnten wir nur am Abend schauen oder mußten die Rollos ganz herunterziehen. Davor scheuten sich jedoch alle, denn unsere Wohnung war naß und kalt; wenn wir nicht ständig lüfteten, wuchsen Pilze an den Wänden. Einmal, der Sommer hatte gerade begonnen, kam ich mit von Stolz geschwellter Brust aus der Schule heim, die Ferien hatten begonnen. Ich hatte mein Zeugnisbuch in der Hand, hielt es allen unter die Nase, schmiß es dann auf den Kleiderschrank und dort lag es dann bis zum Schulbeginn. Im Herbst stellte ich mich auf einen Sessel, wollte es traurig, langsam, mit einer verträumten Handbewegung herunternehmen, konnte es aber nicht aufheben. Es war angewachsen. Ich begann daran zu reißen, bis es sich schließlich löste. Dann sah ich erst: es hatte Schimmel angesetzt. Es war ein einziger weiß-grüner Fleck, und als ich es heruntergerissen hatte, war ein Teil des Umschlags oben auf dem Schrank kleben geblieben. Ein großes Loch prangte in der Hülle. Vor Schreck stürzte ich zu Boden. Wenn das der Klassenvorstand sieht! Vielleicht sieht es dann auch noch die Pionierleiterin, diese schöne, blonde Frau. Dann würde sie fragen, was das denn sein solle, wo ich mein Zeugnisbuch aufbewahren würde, ein Zeugnis ist ein offizielles Dokument, dafür kann ich sogar bestraft werden, beide werden sie mich streng anschauen, und all die anderen werden lachen, so sind halt die Zigeuner, werden sie sagen, aber erst später, in der Pause; dann treten sie vor mich hin und stottern lachend heraus:

»Bewahrt ihr alles am Klo auf?«

»Ist Aa auf dein Zeugnis gekommen?«

Und keiner wird mich verteidigen. Genauso wie mich damals keiner verteidigte, als ich in der Schule kacken mußte und Mindszenty bemerkte, daß ich auf dem Klo saß und überall verkündete:

»Er scheißt! Der Zigeuner scheißt!«

Zuerst begannen die Buben, die auf dem Klo waren, zu lachen, machten immer wieder die Türe zu meiner Kabine auf, ich starrte sie mit großen Augen an. Sie wurden immer lauter, ich wollte mich schon beeilen, doch es ging nicht, der Bauch tat mir weh, ich mußte drücken, obwohl ich es zurückhalten wollte, riß schnell Papier von der Rolle, um zu wischen, und bemerkte in meiner großen Eile nicht, daß mein Hemd – es war das Hemd meines Bruders und deswegen zu groß für mich – in die Schüssel hing und das Ende schmutzig wurde. Ich trat aus der Kabine und alle lachten noch lauter, alle zogen die Nase hoch:

»Hosenscheißer, Hosenscheißer!«

Endlich war dann die Pause zu Ende und auch ich mußte zurück ins Klassenzimmer. Mit Tränen in den Augen saß ich in meiner Bank, die Lehrerin bemerkte meine Traurigkeit und fragte, was geschehen war.

»Ich hab Aa gemacht und der Mindszenty und seine Freunde haben mich sekkiert«, ich wählte meine Worte sehr sorgfältig, damit mich die Lehrerin, Tante Erika, auch wirklich verstand; und ich zeigte auch auf die Schuldigen.

Tante Erika schimpfte die Buben mit aufrichtiger Wut und bestrafte sie allesamt. Doch damit war die Sache noch nicht ausgestanden. In der nächsten Pause fragten mich die Mädchen, wie ich denn gekackt hätte. Sie hatten gesehen, daß mein weißes Hemd Flecken hat, sie verfolgten mich auf den Gängen, im Hof, beugte sich zu mir, damit sie den Gestank besser rochen und hüpften dann lachend und angewidert davon. Ich floh in den Waschraum, nachdem ich bemerkt hatte, worüber sie lachten, und versuchte das Hemd auszuwaschen. Dann stellte ich mich vor den Spiegel und sah mir zu, wie ich weinte. Ich log mir einen größeren Schmerz vor, als ich wirklich fühlte, und dieses Spiel beruhigte mich irgendwie.

Mutti fand mich, an den Kleiderschrank gelehnt, gelähmt und verzweifelt. Stumm zeigte ich ihr mein Zeugnisbuch.

»Das muß man doch nur einbinden«, sagte sie.

Und wirklich, man mußte es nur einbinden, hatten doch die Seiten keinen Schaden genommen, das Buch muffelte ein wenig, doch das konnte man abwaschen. Mit viel Seife schrubbte ich den Umschlag und gab das Buch dann Zsuzsi, bat sie, es einzubinden, und sie schlug es ein in weißes Packpapier. Von diesem Moment an sah ich mein Zeugnisbuch immer sofort, es schimmerte stets weiß unter den anderen hervor. Als am Jahresende die Auszeichnungen verteilt wurden und der Klassenvorstand die Zeugnisbücher in der Hand hielt, sah ich schon, daß auch ich unter den Ausgezeichneten war und rutschte vor Aufregung auf meinem Stuhl hin und her. Alle anderen saßen ruhig in ihren Bänken, obwohl auch sie bereits wußten, ob sie belobigt würden oder nicht. Sie erwarteten die Nachricht mit überheblicher Ruhe und Gleichgültigkeit. Ich schämte mich immer, wenn ich unter ihnen war, warum war ich so sensibel, unruhig, warum täuschte ich mich, warum tratschte ich dauernd, warum log ich, warum war ich großmäulig, ein Aufschneider und wollte immer auffallen?

Wir waren in der achten Klasse der Grundschule, es war nicht mehr lange bis zum Schulschluß, als Zsuzsa, meine Klassenkameradin mit rotem Haar, aus dem Konferenzzimmer in die Klasse kam, zu mir trat und so nebenbei sagte:

»Geh dann hinauf ins Konferenzzimmer, weil du darfst nach Österreich fahren«, dann machte sie einen Schritt zur Seite und begann mit den Mädchen zu reden. Ich stand in der Tür und hatte nicht verstanden, was sie gesagt hatte.

»Wohin soll ich? Nach Österreich?«, ich dachte, sie machte einen Witz, und spielte den Dummen.

Gereizt, als hätte sie meine Komödie satt, meine Schlichtheit und Alltäglichkeit, wiederholte Zsuzsa mit strengen Worten und kaum geöffneten Mund, was sie wußte. Nach dem zweiten Mal nahm ich die Nachricht ernst, und plötzlich erwachten Sehnsüchte und Perspektiven in mir, die mit nichts zu begründen waren. Als wäre in ein finsteres Zimmer das Licht eingebrochen und die Entfernung von einer Million Lichtjahren durch mich hindurchgefahren. Mit mir konnte man immer leicht spielen. Ich meine nicht Spielchen treiben, sondern spielen im besten und edelsten Sinne. Ich konnte mich immer sofort anpassen, verändern, verwandeln, konnte weit davonlaufen und ganz schnell wieder zurückkommen. Aber ich wurde schnell müde. Ich brannte stets mit heller Flamme und verlosch dann ganz rasch.

Nein. Das klingt alles sehr schön, stimmt aber nicht. Ich bin sehr ausdauernd. Natürlich waren meine Gefühle, meine Ausbrüche immer auffälliger und spektakulärer, danach ertrug ich jedoch mit viel weniger Energie und einem kleinen Glimmen viel längere Zeit als andere. Ich wechselte oft die Klasse. Als wir von Csernely weg nach Szombathely zogen, schickte man mich in die »C«-Klasse. In die schwächste Klasse wurde ich gesteckt, in dieser wurde von den Kindern nicht so viel verlangt wie in der »A«- oder »B«-Klasse. Bald stach ich aus der Masse der Kinder hervor, im folgenden Jahr versetzte man mich in die »A«-Klasse. Das war eine Turnklasse, in der es sich geziemte, auch gut zu lernen. Ich war ein guter Springer, hoch und auch weit, und war kein schlechter Schüler, ich hätte ruhig in der Klasse bleiben können, doch die Lehrer spürten irgendwie, daß mich die Klasse nicht aufnehmen wollte, darum folgte die durchmischte, freiere Klasse »B«. Und dort blieb ich auch. Zuerst saß ich hinten irgendwo, neben dem schwachen Schüler Tamás Cseke, dann kam ich immer weiter nach vorn, bis ich neben dem besten Schüler der Klasse, in der allerersten Bank saß. Und dort blieb ich bis zum Ende des Gymnasiums. Am Anfang saß ich auch im Gymnasium ganz hinten. Dann in der linken Bankreihe auf dem zweiten Stuhl. Wahrscheinlich verweilte ich dort ein wenig, weil ich auch in der Grundschule dort gesessen war, der Platz weckte schöne Erinnerungen. Réka saß hinter mir. Réka war wunderschön und ich glaube, auch heute ist sie es noch; und ich war voller Freude, als sie sich mit mir unterhielt, sehr oft unterhielt sie sich mit mir, denn nach dem Läuten mußten sich alle an ihre Plätze setzen und dann warteten wir oft lange Minuten auf den Lehrer, bis dahin war eine kleine Unterhaltung ein netter Zeitvertreib, und ich war der einzige Junge, mit dem sie ein wenig plaudern konnte. Réka erkundigte sich immer und immer wieder, in wen ich denn nun verliebt sei. In sie war ich verliebt, in wen denn sonst, aber das konnte ich ihr nicht sagen, und sie schaute mich immer mit einem schelmischen Lächeln an. Sie genoß, wie ich ihr stur den Namen verheimlichte. Jahrelang liebte ich sie. Sie war am allerschönsten, wie hätte ich da eine andere wählen können. Sie schmunzelte stets irgendwie schelmisch, mit ihrem langen Hals, dem geraden Rücken, ihrem zackigen Schritt erschien sie mir wie ein Schwan. Es vergingen zwei, drei Jahre, wir saßen im Physiksaal, als ich mich endlich entschloß: in einem kleinen Briefchen gestehe ich ihr meine Liebe. Zoli Kecskés löcherte ich schon vor der Stunde, wie ich das wohl machen sollte, denn er hatte Szabina schon einmal geschrieben, daß er sie liebte, so überaus mutig war er gewesen, denn Szabina war eines der schönsten Mädchen, Zoli aber dicklich, deshalb wurde er auch ständig sekkiert. Einmal hatte er von der Hänselei genug, stand in der Biologiestunde auf und erklärte, passend zum gerade behandelten Thema, warum er dick ist. Alle sollten sich hüten zu glauben, daß er viel esse. Bei ihnen würde immer nur mit einer Portion Hühnerklein gekocht, da könne sich jeder ausrechnen, wie viel jeder zu essen bekomme; er sei wahrscheinlich wegen seiner Hormone so dick geworden und dafür kann er nichts und überhaupt, sein Gewicht sei auch nicht furchtbar. War es auch wirklich nicht. Und das alles hatte er mit so einem ernsten, einem gelehrten Gesicht erzählt, daß wir wie verzaubert dagesessen sind. Zoli konnte man stets alles glauben, was er sagte. Er erzählte uns, weil er es genau wußte, wie viel Grad das Wasser haben muß, in das sich ein Mann vor dem Sex setzen muß, damit er keine Kinder zeugen kann. Er erklärte uns, was ein Katalysator ist, die Sonne ist so was zum Beispiel, wenn wir in die Sonne sehen, müssen wir niesen, weil sie eben das Niesen beschleunigt, und er schrieb Gedichte, die wir alle sehr gut fanden, wir selbsternannten kleinen Dichter (Und der alte Eisbär spricht: / das viele Eis ertrag ich nicht / ein bißchen Kälte wär jetzt schön /drum werd ich in den Süden gehn).

Zoli stand vor mir und als er verstanden hatte, was ich ihn fragte, trug er mit größter Selbstverständlichkeit und Aufrichtigkeit vor, er hätte Szabina ein Gedicht geschrieben, ihre Figur und ihre Schönheit gepriesen und am Ende dazugeschrieben, daß sie ja »miteinander gehen« könnten. Ich weiß nicht, ob sie jemals miteinander gingen, es ist auf jeden Fall wahr, daß er dem Mädchen wirklich einen Brief geschrieben hatte, und sicher ist auch, daß diesen Brief jedes Mädchen gelesen hatte; und keine hatte darüber gelacht. »Na gut!« dacht ich mir, dann schreib ich auch ein Gedicht. Gleich zu Beginn der Stunde, noch während der Stoffwiederholungen, fing ich zu schreiben an. Ich dachte, drei vierzeilige Strophen wären genug, ich versuchte, die besten Reime zu finden. Dann faltete ich das Papier, so klein ich konnte, gab es nach hinten und flüsterte:

»Für Réka!«

Der Brief kam nur sehr langsam voran, ich wagte nicht, nach hinten zu schauen, um ihn zu verfolgen. Es verging wohl eine Viertelstunde, bis der Brief sein Ziel erreicht hatte, dann lachten alle Mädchen hinten. Die Physiklehrerin fragte auch gleich, was denn so amüsant sei, zum Glück verrieten sie es nicht, in jenem Moment hätte ich darauf gewettet, daß eine von ihnen auspacken würde:

»Réka hat ein Liebesgedicht gekriegt, darüber lachen wir!«

Und dann sah ich schon, wie eine von ihnen dienstfertig aufspringt, mein Gedicht zum Katheder trägt, damit auch die Lehrerin etwas zu lachen hätte.

»Ja wirklich, das ist lächerlich, und Réka paßt gar nicht zu dir. Der Lakatos Robi, der Mérei Tamás und der Györe Tibi könnten vielleicht mit ihr gehen, aber du … Was würdet ihr denn machen, wenn ihr miteinander gehen würdet?«

Was? Überflüssige Energieverschwendung war es für mich, darüber nachzudenken. Ich würde sie jedenfalls an der Hand nehmen, und dann würden wir eine ganz lange Straße entlanggehen, Hand in Hand, nach irgendeiner Party.

Liebe ist mir nie und nimmer je gelungen.

Kriszta veranstaltete eine Klassenparty. Dieses Fest war mein zweites. Wir trafen uns im Keller eines vierstöckigen Hauses, ausgelassenes Treiben, die Bewohner beobachteten lächelnd, wie wir herumhüpften, die sentimentalen Modern-Talking-Melodien, die man im ganzen Haus leise hören konnte, ließen erahnen, was im Keller so los war. Jeder war verliebt. Andris Pálfy und Tamás Cseke waren vielleicht die einzigen Ausnahmen, beide standen sie neben mir, kicherten über die Mädchen, die weinten, vielleicht irgendwen beweinten. Es ziemte sich, verliebt zu sein. Mit schmachtenden Augen beobachtete ich Réka, wie sie mit jemandem tanzte. Andris und Tamás redeten mir zu, ich sollte sie doch zum nächsten Tanz auffordern. Das tat ich dann auch, und vielleicht tanzten wir auch wirklich. Wenn es denn auch so gewesen war, mein Mut reichte nicht mehr dazu, sie auch noch zu fragen, ob ich sie nach Hause begleiten dürfte. Nach dem Tanz bat ich Kriszta, sie möge Réka fragen, ob ich sie nach der Party nach Hause begleiten dürfe. Und dann kam die Antwort: ja. Ich war zufrieden, nicht glücklich, denn ich wußte damals noch nicht genau, daß mir das nicht zusteht. Jeden Moment könnte sich das Blatt wenden, dachte ich, und auch ich wäre plötzlich beliebt und anziehend, so wie jeder andere. Zu Hause wurde ich von allen gelobt, Mutti meinte immer, ich sei ein wunderschönes Kind. Die Verwandten fragten andauernd, ob ich schon verliebt sei, ein Mädchen habe, und die um vieles älteren Mädchen mochten mich auch, die Achtklaßlerinnen lächelten mir auf dem Schulhof zu, als ich noch in der Unterstufe war: einige streichelten mir über den Kopf, als sie am Gang an mir vorübergingen. Die Frauen, die viel älter waren als ich, haben mich immer gemocht. Doch Réka nicht. Oder sie nahm mich nicht ernst. An jenem Abend begleitete sie jemand anderer heim. Ich hatte die Diskomusik schon bald satt gehabt, wartete aber, bis sich die Party ganz auflöste, denn erst danach ging Réka normalerweise. Ich streunte auf der Straße herum, während die anderen noch tanzten, ich wollte beschäftigt wirken. Als ich dann wieder hinunterging, war

Réka verschwunden, doch war sie noch nicht lange gegangen, sagte man mir, ich lief ihr nach und sah sie wirklich am Ende der Straße, sie war nicht allein, zwei, drei Buben scharwenzelten um sie herum, Unbekannte, die sie abgeholt hatten. Nur einen Moment schaute ich ihnen nach, nicht einen Moment zögerte ich und ging nach Hause. Hätte uns jemand gesehen, hätte er glauben können, ich hätte einfach vergessen, daß ich Réka nach Hause bringen sollte.

Mit den Partys hatte ich niemals Glück gehabt. Die erste blieb mir besonders gut in Erinnerung. Bei Szabina gab es eine Geburtstagsfeier. Alle wurden eingeladen, sogar ich; mit pochendem Herzen zählte ich die Tage, ob es schließlich doch ein Tag wäre, an dem wir Geld hätten. Es war kein solcher Tag. Schon zwei, drei Wochen davor ahnte ich, es würde äußerst schwierig sein, es zum Fest zu schaffen. Mutti trug Vatis neuen Anzug ins Pfandhaus und die paar hundert Forint, die sie dafür bekam, waren noch am gleichen Tag ausgegeben. Vati erfuhr glücklicherweise nichts davon, da er ihn bis zum Zahltag nicht mehr anziehen wollte, danach löste ihn Mutti sofort wieder aus. Vati war später nur der Geruch verdächtig, der charakteristische Pfandhausgeruch. Aber Mutti redete sich irgendwie heraus. Und einige Tage später trug sie ihn zurück. Als Szabinas Geburtstagsfeier bevorstand, hatten wir schon drei, vier Tage keinen Groschen mehr gehabt. Am Freitag, als ich aus der Schule nach Hause kam, wunderte ich mich, daß Mutti Bohnen auslöste. Ich freute mich, doch war ich mißtrauisch, weil ich mir dachte, Mutti hätte alles fürs Essen ausgegeben.

»Woher hast du Geld?«, fragte ich Mutti, ich war kaum noch durch die Tür.

»Ich habe keins. Die Ungarin hat mir Bohnen gegeben. Jetzt koch ich Suppe.”

Ich warf meine Tasche in die Ecke und setzte mich an den Küchentisch und ließ meine Füße baumeln.

»Freust du dich nicht darüber?«, fragte Mutti, weil sie sah, wie ich den Kopf hängen ließ.

»Ich wollte morgen auf diese Geburtstagsfeier gehen.«

»Du kannst ja gehen.«

»Aber ich müßte ein Geschenk mitbringen.«

Mutti sagte eine Weile gar nichts, sie löste weiter die Bohnen aus.

»Eine Bonbonniere, oder? Das ist ein gutes Geschenk.«

Ich nickte.

»Morgen wollte ich eh zum Arbeitskollegen von deinem Vater gehen, damit ich seiner Frau die Bettwäsche verkaufe, die ich letztes Monat gekauft habe. Tausend Forint wird sie mir dafür schon geben.«

Mindestens zweimal so viel hatte sie für die Bezüge bezahlt. Ich konnte mich nicht ohne schlechtes Gewissen freuen. Ich schluckte den Knödel, den ich in meinem Hals spürte, hinunter, und scheinheilig, als hätte man mich beim Stehlen erwischt, sagte ich:

»Gut.«

Am nächsten Morgen, nachdem Vati gegangen war, trat ich zu Mutti hin und fragte sie, wann wir denn gingen. Sie zog sich an, stopfte die weißen, noch originalverpackten Bettüberzüge in eine Tasche, die sie an ihren

Unterarm hängte, wie sie es immer machte. Zsuzsi mußte daheim bleiben, sie sollte auf Péter aufpassen. Sie raunzte deshalb ein wenig, weil sie mit ihren Freunden etwas unternehmen hätte wollen, doch Mutti schrie sie mit so ordinären Worten an, daß Zsuzsi sofort verwundert ihr Klagen beendete.

Wir gingen zu einem Arbeitskollegen von Vati. Das war ein Geheimnis. Vati durfte nichts davon erfahren, denn er hätte sich wahnsinnig geschämt und Mutti vielleicht sogar geschlagen. Wir hatten bei der Familie bereits Schulden, Mutti hatte sich schon einmal von ihnen Geld geborgt und ich erschrak, als sie unterwegs erzählte, sie hätte die Schulden noch nicht zurückgezahlt. Die Frau jammerte, sie hätte das Geld vom Kostgeld genommen und jetzt wäre sie knapp bei Kasse, aber der Mann dürfe das nicht erfahren, sonst gebe es einen furchtbaren Krach, und darum borgt auch sie sich lieber Geld. Mutti sah mir an, daß mir die Familie leid tat, weil wir sie in so eine schwierige Lage gebracht hatten.

»Glaub' ihnen ja nicht! Die haben mehr Geld als sie zugeben. Die brauchen sich nichts ausborgen. Auch die Ziechen werden sie mir abkaufen, du wirst schon sehen.«

Anderthalb Stunden saßen wir bei ihnen in der Küche, Mutti und die Frau redeten über alle möglichen Alltäglichkeiten. Als sich abzeichnete, daß wir endlich wieder gehen sollten, zog Mutti die Überzüge aus der Tasche und fragte, ob sie diese nicht brauchen könnte. Die Frau schnitt eine eigenartige Grimasse, in der Art »Na, deswegen seid ihr also gekommen, ihr braucht schon wieder Geld«, befühlte jedoch das feine Material.

»Wieviel?«

Mutti sagte den Preis.

»Na! Brauch ich nicht. So viel Geld hab ich nicht.«

Ich zog Mutti am Ärmel, dann könnten wir ja gehen, dachte ich, aber Mutti hielt sie ihr weiterhin unter die Nase.

»Vierhundert Forint hab ich zu Hause, so viel kann ich dir geben, weil mir die Überzüge gefallen, um vierhundert kauf ich sie …«

Ich schaute Mutti mit großen Augen an. Von der unerhörten Unverfrorenheit der Frau war ich völlig überrascht; so einen Preis zu sagen, sich zu trauen, so einen Preis zu sagen, war für mich eine bodenlose Frechheit. Ich blieb stumm, hätte aber schreien wollen: »Nein! Nein! Nein! Verkauf sie ihr nicht! Gehn wir heim!«

Mutti mochte jedoch geglaubt haben, ich wäre verzweifelt, weil ich nicht auf die Geburtstagsfeier würde gehen können. Sie überlegte einen Moment und sagte: »Gut, das Geschäft ist gemacht.«

Ich fühlte uns, als wären wir verdroschen, übervorteilt, enteignet worden. Vergeblich heuchelte Mutti gute Laune auf dem Nachhauseweg, ich wußte, auch sie ärgerte sich über den schlechten Tausch. Wir gingen in ein Geschäft, kauften für mich eine Bonbonniere, ließen sie in feines, weißes Seidenpapier einpacken, daheim legten wir sie auf den Küchenschrank, dort war sie sicher vor Wasser und vor Mäusen. Genau um vier Uhr nachmittag traf ich auf der Geburtstagsfeier ein. Ich übergab Szabina die Schokolade, – einige von den Gästen hatten die gleiche Idee gehabt – bekam dafür die üblichen Küßchen, und ging weiter ins Wohnzimmer, mit roten, brennenden Backen, als wüßte jeder, wie ich zu dem Geschenk gekommen war. Natürlich konnten sie es nicht wissen, sie bemerkten nicht einmal, daß ich gekommen war. Alle saßen um einen riesigen Tisch, sie spielten und kicherten immer wieder. Ich setzte mich auf einen Sessel in die Ecke und schaute ihnen still beim Vergnügen, bei der Unterhaltung zu.

Das Amüsieren war nie meines gewesen. Schändlich und sündhaft erschien es mir, wenn sich jemand wohlfühlen wollte. Der Tanz war mir lächerlich, der Alkohol ekelerregend, das Geplauder pure Selbstdarstellung, das Lachen Dummheit. Nur Lächeln war für mich erlaubt. Mutti lachte Vati oft aus, wenn er tanzte oder lachte. Wenn Vati voller Begeisterung erzählte, über die Welt, die Wissenschaft, über irgend etwas, hörte Mutti ihm nicht mit offenem Mund zu, wie wir Kinder, sondern zog ihre Augenbrauen zusammen und schaute ihn verächtlich an. Als wären sie ständig aufeinander böse gewesen. Ein einziges Mal sah ich, wie sie einander küßten. Unsere Familie hatte einen Freund, einen Photographen, er war ein kleines, stilles Männlein, das uns ein-, zweimal im Monat besuchte. Manchmal brachte er seine Kamera mit und schoß einige Bilder von uns Kindern. An einem jener Nachmittage wollte er auch meine Eltern fotografieren. Vati nahm Mutti an der Hand, zog sie an sich, in die Sonne, dann küßten sie sich. Vati hielt Mutti in den Armen, hatte sie ein wenig nach hinten gebeugt, und mit bis dahin nie gesehener Aufrichtigkeit klebten ihre Münder aneinander. Ich glaubte, Mutti würde gleich zu schimpfen beginnen, vielleicht sogar wütend spucken, doch es schien ihr angenehm zu sein, sie lächelte und war keineswegs verlegen.

Dieser Laci, dieser Fotograf, bat mich, seine Tochter zu unterrichten, weil sie in Mathematik nicht sehr gut war. Ein blondes Mädchen mit Brillen, es hieß Inez. Jedes Wochenende war ich bei ihr, wir machten gemeinsam ihre Hausaufgaben. Ängstlich trat ich in die Wohnung, die riesigen Zimmer, die ungewohnte Sauberkeit und Helligkeit waren für mich furchterregend. Wenn ich mich umblickte, verkrampfte sich mein Magen, mein Herz, weil sie in einem Wohlstand lebten, den ich mir bis dahin nicht wirklich vorstellen hatte können. Lacis Frau war eine Deutsche, auch sie war klein, lächelte ständig und konnte nicht gut Ungarisch. Ich hielt sie für ein wenig verschlagen; obwohl sie sanft war, fürchtete ich mich vor ihr. Mutti hatte sich natürlich auch von ihr viel Geld geliehen, zuerst borgten sie es uns auch noch gerne. Man spürte, daß wir ihnen, wegen der Märchen, die Mutti bei jeder Gelegenheit erfand, leid taten, sie sahen es als ihre Pflicht an, uns zu helfen. Als dann die Rückzahlungen ausblieben und sich die kleineren und größeren Lügen herausstellten, wurden sie immer zögerlicher. Sie seufzten hinter der Wohnungstür laut auf, wenn wir wieder bei ihnen anklingelten. Oft schauten sie durch den Türspion und öffneten die Türe nicht. Damit sie uns nicht sahen, stellten wir uns dann neben die Tür, wenn wir klingelten. Die Frau rief dann laut, wer denn draußen stehe, wir antworteten und sie ließen uns doch in die Wohnung. Die kleine deutsche Frau wurde mit jedem Mal wütender auf uns. Wir wurden nicht mehr ins Wohnzimmer gebeten wie früher, wir gingen in die Küche, dort lehnte sie sich an den Küchenschrank, und mit überkreuzten Beinen und verschränkten Armen hörte sie zu, was Mutti schon wieder zu erzählen hatte. Ich saß mit errötetem Gesicht auf einem Stuhl, durstig und hungrig, starrte den übervollen Obstkorb an und mußte immer meinen Speichel schlucken, und Mutter verwendete mich als Vorwand, um Geld zu erbitten.

»Wir müssen einen Vorschuß für den Ausflug bezahlen. Wenn ich das Geld nicht morgen in die Schule bringe, kann er im Sommer nicht mitfahren. Er lernt ganz brav, das weißt auch du, daß er ganz ein vifes Kind ist. Soll er denn den ganzen Sommer zu Hause sitzen? Er kann nirgends anderswo hin. Ich weiß, ich hab das schon oft gesagt, aber diesmal ist es wirklich das letzte Mal.«

So war es aber nicht. Wir gingen noch oft zu ihnen. Mutti ging alleine, denn ich wagte sie nicht mehr zu begleiten. In jenem Schuljahr half ich Inez noch, und mit riesiger Erleichterung verabschiedete ich mich von ihr beim letzten Mal. Die deutsche Frau rief mich zurück, als ich, so rasch es ging, durch die Tür schleichen wollte, und drückte mir einen Hunderter in die Hand.

»Danke«, sagte sie.

Sie schaute mir in die Augen, ich sah, ich tat ihr leid. Mir stand das Geld nicht zu, hatte doch Mutti, sich auf mich berufend, hunderte und hunderte von Forint erbeten; es hätte sich geziemt, Inez umsonst Nachhilfe zu geben. Ich dankte der Frau und eilte davon.

Ich weiß nicht, wie lange unsere Schnorrerei noch dauerte. Vielleicht ist die ganze Familie nach Deutschland gezogen oder man beleidigte uns mit einem Wort, einem Satz, der niemals verziehen werden konnte. Mutti konnte vieles ertragen. Sie wurde verjagt, ihr wurden Obszönitäten an den Kopf geworfen, vom »Parasiten« bis zum »dreckigen Zigeuner«, Mutti ging trotzdem immer wieder zurück und bat um Geld, meistens gab man es ihr auch. Ich konnte mir nicht vorstellen, daß Mutti irgendwann mit der Fechterei aufhören würde. Zurückzahlen konnten wir niemandem jemals irgend etwas. Und Mutti wurde von manchen auch angezeigt. Von der alten Tante Malvin zum Beispiel. Wir wohnten damals noch in der Jáki-Straße, an der Straße, die zum Friedhof führte. Die Tante Malvin kam aus einem nahen, kleinen Dorf am Morgen in die Stadt, jede Woche zweimal. Sie brachte Karotten, Erdäpfel, Gemüse und Obst ins Haus, besuchte vor allem die Zigeuner und die hilflosen alten Leute. Viele konnten ihr natürlich ihr Grünzeug nur auf Kredit abkaufen, doch sie hatte eine gutes Herz und brauchte das Geld niemals gleich, sie war das wohl so gewöhnt, außerdem war der Markt am anderen Ende der Stadt. Ich glaube, sie ging zu Fuß. Damals dachte ich darüber nicht nach, heute finde ich es eigenartig, denn sie war schon alt, schritt nicht mehr so flink dahin, und ihr Heimatdorf war wohl fünf oder sechs Kilometer entfernt. Vorerst bezahlten wir für das Gemüse. Dann überließ sie uns auf Kredit ein Kilo Erdäpfel, einen Kopf Salat, und dann kam sie, als wir nicht einmal ein Stück Brot hatten. Sie hatte Mitleid und drückte Mutti ein paar hundert Forint in die Hand. Später warteten wir schon auf sie, rechneten fix mit ihrem Geld. Wenn sie kam, kam sie bald in der Früh, wir Kinder schliefen noch, nur Zischeln drang aus der Küche. Sie konnte uns fast immer mit irgend etwas aushelfen. Geduldig kam sie immer wieder zurück, um ihr Geld, monatelang, jahrelang. Doch die Schulden wurden nicht geringer und irgendwann wartete Mutti gar nicht mehr auf Tante Malvin, sondern ging zu ihr ins Dorf, in ihr Haus und bat um mehr und mehr und immer mehr Geld. Und die Frau konnte uns immer aushelfen. Damals verstand ich nicht, warum eine alte Frau, die Mutti ohne Probleme auch zwanzigtausend Forint leihen konnte, von Haus zu Haus ging und um zehn, zwanzig Forint Erdäpfel verkaufte. Eines Tages hatte Tante Malvin jedoch genug von den dauernden Versprechungen, davon, daß sie immer nur hingehalten wurde, und zeigte uns an. Vielleicht auch ihre Kinder oder Enkelkinder, die zufällig den Zettel fanden, auf dem aufgeschrieben war, wer ihr wieviel schuldig ist. Ich weiß nicht, wieviel wir ihr schuldeten. Das verriet man uns Kindern nicht. Ich erinnere mich nur daran, einmal brachte der Briefträger eine Vorladung vom Gericht und Mutti mußte einige Male zu Verhandlungen gehen. Vati ahnte von der ganzen Affäre natürlich überhaupt nichts. Ich hatte fürchterliche Angst, meine Eltern würden wieder ins Gefängnis gehen und ich wieder ins Kinderheim gesteckt, wie fünf, sechs Jahre zuvor. Ich träumte immer wieder: Die Polizisten holen mich ab, ich bin wieder im Heim, wo mich die älteren Buben vergewaltigen, dann komm ich zu Zieheltern, die mich wieder nur schlagen. Ich seufzte im stillen vor Erleichterung, als

Lali die Mari heiratete, weil ich hoffte, wenn es wieder so weit sein würde, daß wir Kleinen ins Heim gehen müßten, würde sich Mari unser annehmen. Mutti hatte einmal erzählt, als sie eingesperrt worden waren, hätten wir nicht ins Heim gehen müssen, wenn sich jemand der vier Kinder angenommen hätte, doch weder ihre Mutter noch andere Verwandte hatten die Verantwortung für uns übernehmen wollen. Die Mari, der Árpi, die Zsuzsi hatten sich vielleicht allesamt gefreut, als sie ins Heim kamen, sie waren schon größer und deshalb mag das Heim für sie eine Art Abenteuer gewesen sein. Nur ich verstand nicht, was mit uns geschah. Und ich zerbrach fast daran, daß man mir Mari weggenommen hatte, daß ich zu bösen Zieheltern kam, die mich nicht einmal wie ein Tier behandelten, für die ich arbeiten mußte und als Lohn Schläge bekam. Keiner hatte mir damals etwas gesagt, keiner hatte mir erklärt, warum eines Morgens Polizisten mit einem Jeep gekommen waren, Vati mit düsterem Blick am Küchentisch saß, überall Kriminalbeamte waren, Mutti nervös auf- und abging, und sich, als ich auf den Hof gehen wollte, mich ins Spiel flüchten wollte, ein riesengroßer Mann vor mich hinstellte und sagte, ich müsse drinnen bleiben.

Doch Mutti wand sich aus den Anzeigen immer heraus. Es waren viele, von allen weiß ich sicher nicht. Einmal wurden wir auch von unserer unmittelbaren Nachbarin angezeigt, Mutti hätte ihr mit dem Nudelholz den Arm gebrochen. So war es auch, trotzdem wurde Mutti freigesprochen. Die ganze Angelegenheit begann damit, daß Frau Király, die Nachbarin, auf der Straße Mari angriff, die im achten oder neunten Monat schwanger war. Warum sie das tat, weiß ich nicht. Viel Aggression und Wut hatte damals schon das Verhältnis der beiden Familien vergiftet. Die Királys vergifteten unseren Hund. Vati flößte dem Hund, der sich in großen Schmerzen wand und winselte, Milch ein, ich zwängte die Kiefer des kleinen Hundes auseinander, der immer steifer wurde, aber es war schon zu spät. Dann fanden wir das Rattengift, das Onkel Laci, der Mann von Frau Király, dem Hund auf den Teller gestreut hatte. Mutti spritzte dann mit Essig Frau Királys gepflegten und behüteten Blumengarten an; sie brach die frischen Triebe der Reben ab und warf ihnen allen möglichen Mist in den Garten. Natürlich waren wir auch ihnen Geld schuldig, das war jedoch ein Geheimnis, denn keiner der Ehemänner wußte davon. Ich weiß also nicht genau warum, aber Gründe hatte es genug gegeben, warum Frau Király also eines Nachmittags die schwangere Mari abpaßte und zu Boden stieß. Weinend, zitternd trat Mari in die Küche, sie konnte kaum herausstottern, was mit ihr geschehen war. Die alte Frau – denn Frau Király war schon alt gewesen, fast siebzig Jahre alt – hätte kaum eine größere Sünde begehen können; Mutti verfluchte sie, als würde sie den Teufel höchstpersönlich verfluchen. Der ganze Hof war laut von ihrem Gefluche, die ganze Straße. Frau Király wagte sich nicht aus dem Haus, versperrte vorsorglich die Tür, verriegelte die Fenster, rührte sich nicht und machte keinen Mucks. Und Mutti änderte ihre Taktik. Sie schrie nicht mehr, beobachtete im stillen das Haus, lauerte ihr auf. Gegen Abend hielt es Frau Király nicht mehr aus, sie mußte aufs

Klo. Das Plumpsklo stand hinter dem Haus. Mutti versteckte sich mit einem Nudelholz hinter dem Fliederbusch, und als die Frau wieder zurück ins Haus eilte, sprang sie hervor und begann sie zu schlagen. Dabei zischte sie, schrie, warum die Frau jetzt die Prügel kriegte. Irgendwann ließ sie von ihr ab, die stöhnende Alte blieb im Staub liegen.

»Jetzt hab ich's der alten Hexe ordentlich gezeigt!«

Dabei hatten die nachbarschaftlichen Beziehungen zunächst gut begonnen. Alles war ruhig und friedlich gewesen. Die Frau Király war siebzig, der Onkel Laci um die sechzig, sie lebten ganz gut, Kinder hatten sie keine. Mutti unterhielt sich oft mit der Frau, Vati trank mit Onkel Laci immer ein, zwei Gläser von dem Wein, den Onkel Laci selber kelterte. Sie hatten einen kleinen Garten hinter dem Haus, in ihm standen auch ein paar Rebstöcke. Im Herbst half auch ich immer bei der Weinlese, sammelte die Trauben in einem Kübel und schüttete sie dann in ein großes Faß, auch die Presse durfte ich bedienen, so lange, bis ich müde zusammenfiel. Diese Leute mochten mich. Onkel Laci wiederholte oft, aus mir würde ein „richtiger" Mensch werden, nicht so wie aus den anderen.

»Dein großer Bruder ist ein Verbrecher, deine große Schwester ist eine Schlampe, aber aus dir wird was!«

Darüber war ich froh, aber gern haben durfte ich die Királys doch nicht, zu oft hatten wir sie hinter ihrem Rücken schon schlecht gemacht. Der Onkel Laci betrog seine Frau mit irgendeiner Rózsa. Frau Király rief oft ganz verzweifelt Mutti zu sich hinüber, sie hätte hier eine

Spur und dort einen Hinweis gefunden, in ihrer großen Eifersucht hatte sie sogar mich angeworben, daß ich am Samstag immer ihrem Mann nachging und berichtete, wo er gewesen war. Von Strauch zu Strauch, von Baum zu Baum schlich ich ihm nach, Onkel Laci, der mit ruhigen Schritten durch die Stadt spazierte und sich nicht einmal umdrehte. Er ging in ein Lokal, über dessen Eingang stand: TAVERNE. Ich erzählte das Frau Király, die erleichtert aufseufzte:

»Er ist nur zu seinen Kumpanen in die Taverne gegangen, da geht er immer hin«, und drückte mir einen Zwanziger in die Hand.

Vor Gericht konnte Frau Király ihren Mund nicht halten und nannte uns dreckige Zigeuner, sie störte die Verhandlung ständig mit Zwischenrufen und klagte allen ihre Leiden: Wir hätten ihren Garten zertrampelt, würden sie immer um Geld anschnorren und seien ihr schon Unsummen schuldig. Mutti hielt sich zurück, schwieg weise und wurde sie gefragt, beteuerte sie, sie hätte der Frau den Arm nicht gebrochen, sie wäre wohl hingefallen und jetzt wollte sie uns die Schuld zuschieben. Die Richterin, die das dauernde Gekreische der Frau Király störte, glaubte eher Mutti.

»Ich kann mir vorstellen, wie das Verhältnis zwischen Ihnen ist, wenn Sie sogar noch hier, vor Gericht solche Sachen von ihnen behaupten.«

Auch aus dem Fall der Tante Malvin wurde irgendwie nichts.

Mit einer zaubergleichen Einfachheit fand auch eine andere Angelegenheit ein Ende, vor der ich mich am meisten fürchtete, die mir die meisten Qualen bereitet hatte: der Fall mit dem Pfarrer. Am Rande der Plattenbausiedlung, in der wir wohnten, sah man aus dem zehnten Stock, aus dem Fenster des kleinen Zimmers, eine Kirche, bei deren Pfarrer wir lange Monate ein- und ausgingen. Vati malte die Räume in einigen Gebäuden, die zur Kirche gehörten, aus, so lernten wir schließlich den Pfarrer kennen. Mutti ging einmal, in äußerster Verzweiflung, als sie nirgendwo mehr Geld bekam, zu ihm. Der Pfarrer war ein kahlköpfiger Mann mit einem guten Herzen, er gab Mutti sofort, worum sie ihn bat, und erleichtert kam Mutti zurück, vielleicht war gerade die Stromrechnung zu bezahlen, ich weiß nicht mehr, aber irgendeine bedrohliche Verpflichtung schwebte über unseren Köpfen. Die Bedrohung verging, dann kam die nächste und Mutti ging wieder zum Pfarrer. Als sie sich schon schämte, nahm sie ein Stück Papier, kritzelte etwas darauf und schickte mich damit in den Pfarrhof. »Lieber Herr Pfarrer! Ich weiß, daß ich mich schon oft an Sie gewendet habe, aber in dieser Stadt gibt es keinen einzigen Menschen, den ich um Hilfe bitten könnte. Wenn Sie noch einmal die Möglichkeit hätten …« Wir brauchten immer Geld. Als wir uns an diesen Menschen wandten, bat Mutti ihn nicht einfach so um Geld für Hobbys. Sie hatte die schlechte Angewohnheit, stets um so viel zu bitten, wie gerade noch möglich war, sie paßte die Summe niemals unseren Bedürfnissen an. Nachdem sie wußte, daß in der Kassa des Herrn Pfarrers viele tausend Forint schlummerten, beschränkte sich ihr Verlangen nicht auf schlichte fünf- oder sechshundert Forint. Fünf-, zehn-, dreißig-, sechzigtausend Forint wollte sie. Der Pfarrer empfing mich zunächst immer mit einem Lächeln. Von Mal zu Mal wurden seine Augen aber sorgenschwerer, er las das Papier, das ich ihm nach meinem Gruß hingestreckt hatte.

»Gelobt sei Jesus Christus«, sagte er, wenn er die Türe öffnete.

»Grüß Gott!« antwortete ich. Das »in Ewigkeit, amen!« wäre mir aus meinem Mund doch ziemlich verlogen vorgekommen, ich wollte diesem guten Menschen auf keinen Fall etwas vormachen, war doch der Zettel, den ich brachte, schlimm genug.

»Mutti schickt Ihnen das, bitte lesen Sie!«

Der Pfarrer entfaltete den sorgfältig zusammengelegten Brief, las ihn noch an der Tür, und sagte, ich solle mit ihm kommen, in seinem Arbeitszimmer öffnete er mit langsamen, nachdenklichen Bewegungen die kleine Eisenkiste und zählte mir das Geld hin.

Es war ein dunkles Zimmer, sogar untertags fiel nur der Schatten des gegenüberliegenden Hauses ins Zimmer, trotzdem schaltete er immer nur eine kleine Leselampe ein. Ich konnte nicht erahnen, was wohl in ihm vorging, als er mir das Geld hinhielt. Beobachtet hatte ich ihn, weil ich neugierig war, aber die größte Mühe mußte ich dafür aufwenden, meine zitternden Knie stillzuhalten, mein trommelndes Herz zu beruhigen. Ich dankte für das Geld und schlurfte davon. Eine Woche später schickte mich Mutti wieder mit einem Brief. Zuerst sprach ich eine kategorisches Nein, aber Mutti ließ nicht von mir ab. Dann schlug ich wütend um mich, dann weinte ich, dann flehte ich, nicht gehen zu müssen, weil ich mich schämte, aber Mutti war unerschütterlich, und als ich mit dem Brief in der Hand schon dreimal vom Gang zurückgekommen war, nein, nein, ich geh nicht mehr, empfing sie mich mit dem Kochlöffel und meinte, es würde mir noch sehr leid tun, wenn ich jetzt nicht sofort kehrtmachte. Aus dem Fenster im kleinen Zimmer beobachtete sie mich, schaute mir nach, ob ich auch wirklich in Richtung Kirche ging. Aus dem Fenster konnte man noch sehen, wie jemand vor die Tür des Pfarrhauses tritt, aber ob dieser jemand klingelte, war nicht mehr auszumachen. Ich wagte nicht zu sagen, der Pfarrer hätte zwar aufgemacht, mir aber kein Geld gegeben, ich traute mich aber sehr wohl zu behaupten, ich hätte geläutet, aber keiner hätte aufgemacht. Das war vergebliche Liebesmüh, denn ich wurde so oft zurückgeschickt, bis er endlich einmal zu Hause war. Ich beschloß, ein allerletztes Mal noch zu gehen. Mutti mußte mir versprechen, daß es das letzte Mal sei. Sie versprach es mir. Ich gab alle meine Menschenwürde auf und klingelte wiederum.

Natürlich mußte ich nach dem Versprechen noch fünfmal oder sechsmal zu ihm gehen. Wir häuften unvorstellbare Schulden an. Vati wußte natürlich von nichts, dieses Mal jedoch mußten wir ihm davon erzählen, weil der Pfarrer plötzlich die Idee hatte, wieder etwas streichen zu lassen und Vater zur Arbeit rief. Er arbeitete dann schön langsam unsere Schulden ab und die bedrückende Geschichte hatte ein Ende.

Das Morgen war nie geplant. Natürlich planten wir, phantasierten, träumten, aber nie konnten wir sagen, was morgen sein soll oder sein würde. Jede Woche dachten wir darüber nach, was wohl wäre, wenn wir lauter Richtige im Lotto hätten. Dann zeigte uns Mutti immer mit einem breiten Grinsen auf den Lippen, viel Phantasie und ausführenden Handbewegungen, wie groß das Haus wäre, das wir kaufen würden (sie dachte nie daran, das wir auch eines bauen könnten), und wie wir die Zimmer einrichten würden. Sie fragte uns alle, was wir uns wünschten, was sie uns kaufen sollte, und überlegte, zählte zusammen und dividierte, sodaß am Schluß vom erhofften Gewinn kein Groschen mehr übrig war. Wir saßen in der Wärme unser Körper in der feuchten Einzimmerwohnung in der Jáki-Straße, aßen Erdäpfel und wärmten uns am immer schwächeren Feuer des Kachelofens, und durchschritten dabei Paläste, flitzten mit Autos und Motorrädern durch die Gegend, fuhren durch die Welt, machten Urlaub und amüsierten uns. Das konnten wir immer nur dann tun, wenn Vati nicht daheim war. Er sagte immer viel einfacher und kürzer, was er mit so viel Geld anfangen würde, wenn wir es mal aus ihm herauslocken konnten.

»Ich würd ein Haus kaufen, ein Auto und einen Chauffeur.«

Der Chauffeur war ihm wichtig, denn Vati wollte keinen Führerschein machen. Mutti meinte, weil er sich dann das Saufen abgewöhnen müßte.

Verrat, daß ich so was sage: ich glaube, Vati tat recht daran, so viel zu trinken. Er tat auch recht daran, das Leben seiner Familie zu vergällen. Er tat recht daran, niemals bauen zu wollen, auch nicht im übertragenen Sinne, er trieb nur Raubbau, beraubte alle. Uns, unserer Mutter, sich selbst, den Alkohol, seinen Körper. Etwas anderes kann man ohnehin nicht machen. Wer plant, der scheitert. Wer sorgsam ist, wird unglücklich. Das Zerstören und das Vergehen ist ganz natürlich. Ein wunderbarer Komet glüht am Himmel und schlägt dann auf der Erde auf – so ist das Leben. Viele vergehen. Vater wurde zum Sünder, weil er sich manchmal eingestand: er lebte falsch und tat manchmal Böses. Sturzbetrunken, wenn er keine Kraft oder keinen Glauben zum Streiten mehr hatte, saß er traurig am Küchentisch, sein starker, großer Kopf baumelte über dem Tisch. Er nahm einen Stift und Papier aus der Schublade. Und schrieb sein Leben auf. Mutti zeigte uns diese Texte nie. Am nächsten Morgen, wenn Vati schon zur Arbeit gegangen war, las sie stets die fünf, sechs vollgeschriebenen Seiten, sagte nichts darüber, versteckte sie zwischen den Kleidern im Schrank, und meinte in einem spöttischen Tonfall:

»Er hat sein Leben aufgeschrieben, der Trottel.«

»Warum haßt du Vati so?«, fragte ich meine Mutter vor gar nicht langer Zeit.

»Du vielleicht nicht?«, fragte sie zurück.

»Ich nicht!« antwortete ich trotzig.

»Liebst du deinen Vater?«

»Ich bin ihm ähnlich.«

»Er könnte dem Herrgott danken, dein Vater, wenn er so wäre wie du, Bub. Du bist ganz anders. Fein, zärtlich, lieb. Und dein Vater ein Bauer, ein Vieh, du siehst ja, wie er ist. Vergleich dich nicht mit ihm.«

Irgendwann einmal hatten sie sich geliebt. Wenn auch nur für eine kurze Zeit. Mutti sagte, ich wäre schon ein Kind der Liebe gewesen. Wie oft hatte ich über dieses eine Wort nachgedacht: schon. Wegen dieses einzigen Wortes lernte ich zu lieben. Vielleicht hatte sie gelogen, denn ich kann mir schwer vorstellen, daß sie so lange auf die Liebe warten mußten. Ich war das vierte Kind. Neunundzwanzig Jahre alt war Mutti, als sie mich zur Welt brachte, da waren sie aber bereits zehn, elf Jahre beisammen.

Mutti erzählte uns oft, was für ein schlimmes Kind sie gewesen war. Einmal war sie auf den Kirchturm geklettert und die Feuerwehr mußte sie herunterholen. Dann streunte sie den ganzen Tag an der Grenze herum und verirrte sich in die Tschechoslowakei. Manchmal hatte sie auch Vati mitgenommen, der jünger war als sie und viel schwächer.

»Oft hab ich euren Vater verhaut!« sagte sie immer wieder. »An den Haaren hab ich ihn herumgeschliffen.«

»Und er hat sich das gefallen lassen?«

»Ob er sich‘s gefallen lassen hat? Er war schwächer als ich. Später hat er‘s mir dann oft zurückgezahlt.«

Ein vielfaches davon.

Mein Vater hatte etwas von einem Soldaten. Oft sah ich ihn die Zähne fletschend, spuckend (mit Vorliebe spuckte er uns Kinder oder Mutti ins Gesicht, wenn er wütend war), er schrie, schlug um sich, gab uns Befehle und lobte uns nur, wenn er mit uns angeben wollte.

Mit der Liebe ist es bei ihm nicht weit her.

II.

Die Tiefe des Brunnens

Viel wurde damals von Maris Tod geredet. Das Dorf war dunkler, düsterer geworden und blieb es auch für immer.

Mari war ein schönes Mädchen. Nicht einfach schön, viel mehr als das. Strahlend schön kann man sie nur deshalb nicht nennen, weil dieses Wort an etwas Glitzerndes, Überirdisches, Helles, Leichtes erinnert. Mari war aber dunkel. Schwarz war ihr Haar, ihre Augenbrauen berührten sich über ihrer Nase, schwarz waren ihre Augen, furchteinflößend. Es brauchte Mut, in sie zu blicken, es war, als blickte man in einen tiefen Brunnen.

Wenn sie trotzig, mit hoch erhobenem Kopf, die Hauptstraße der Zigeunersiedlung entlangeilte, vom Presso bis zum unteren Wirtshaus, weil sie ihren Vater nach Hause holen wollte, wagte es keiner, sich ihr in den Weg zu stellen. Schwarz loderte ihr Blick, und es schien, als könnten ihre Augen alles durchdringen. Ihr fleischiger roter Mund sah aus wie eine überreife Kirsche, die jeden Moment aufplatzen möchte. Ihre harmonisch geschwungen Hüften, ihre wogenden, großen Brüste waren kaum mit Kleidern, mit Fetzen bedeckt, sie gab nicht viel auf sich, lief immer leicht gekleidet durch die Gegend, als wäre sie gerade aufgestanden. Die Frauen schimpften sie alle, warum sie immer so nackt herumlaufe, trotzdem war sie der Stern des Dorfes, die Fürstin, und Königin hätte sie werden können.

Mari verliebte sich nicht leicht, obwohl die Männer ihr ohne Unterlaß nachstellten. Es gab keinen Burschen im Dorf, der nicht zumindest einmal daran gedacht hatte, daß er sie haben wollte. Sogar die Alten schauten ihr nach, nickten dabei mit ihren zittrigen Köpfen, und jene waren schon glücklich, deren Gruß sie stumm erwiderte.

So schön wie dieses Mädchen war, so häßlich und unglückselig war seine Schwester, Ani. Sie kam früher, als man ausgerechnet hatte, und wie sie kam, ging ihre Mutter, die Mutter starb bei der Geburt. Ani sah sehr schlecht, zuerst glaubte man, sie würde niemals sehen können, dann begann in einem Auge doch noch Licht zu brennen, mit diesem Auge blinzelte sie, es tränte, mit diesem Auge starrte sie angestrengt in ihre kleine Welt. Ihr anderes Auge drehte sich unnütz und schmollend von jenem weg. Ani schielte nicht nur, sie hinkte auch, ein Bein war krumm und kürzer als das andere. Auf ihren Handrücken zeichneten sich die blauen Adern ab, man sah, wie das Blut darin pochte, ihr rötliches Haar war dünn, vergeblich kämmte sie es einmal hierher, dann wieder dorthin, die Kopfhaut schimmerte stets darunter hervor.

Ani war ein liebes Mädchen, sprach nicht viel, umarmte lieber, streichelte oder lächelte nur. Die Liebe strahlte aus ihr, wie aus den Kornfeldern im Sommer die angenehme Wärme, nachdem die Sonne schon untergegangen ist. Sie war dreizehn vorbei, ihre Brüste rundeten sich allmählich, als sie krank wurde, schwer atmete, immer wieder in Ohnmacht fiel. Alle dachten, sie würde sterben, sie hatten ja immer schon damit gerechnet. Ihr Herz ist krank, sagten die Ärzte, doch sie könne noch lange leben, bräuchte aber teure Medikamente, vielleicht ihr ganzes Leben lang. Die Arznei müßte man bestellen, aus dem Ausland, hier gibt es so was noch nicht.

Der Vater der beiden Mädchen kam nach dem Tod seiner Frau nie mehr wirklich auf die Beine. Traurig ging er im Dorf auf und ab, wie einer, der vergessen hatte, was er zu tun hat, obwohl er wüßte, was zu tun sei. Er setzte sich zu seinen Verwandten, für einige Minuten, knetete seinen Hut in den Händen, setzte ihn nie auf den Kopf, dann stand er wieder auf, als würde er arbeiten gehen. Seine Frau und er waren aber nie gut miteinander ausgekommen. Sie hatten gestritten und einander gequält. Die Nachbarn hörten immer wieder, wie er seiner Frau drohte: er brächte sie noch einmal um. Wer weiß, weshalb. Hielt sich die Frau einen Geliebten? Unwahrscheinlich, dafür fehlte ihr die Schönheit, das Feuer. War sie faul? Das war nicht der Fall. Doch als sie starb, weinte ihr Mann um sie, als wäre er immer noch in sie verliebt gewesen. Ein eigenartiger Mensch war er. Er hatte Gewohnheiten, die man einfach nicht verstehen konnte. Mit den Katzen zum Beispiel. Zuerst brachte er sie alle um, egal wem sie gehörten, egal wann, wenn er eine erwischte, erwürgte er sie mit bloßen Händen. Weil Ani wegen einer Katze so geworden war, eine Katze hatte ihre Mutter infiziert, darum war es zur Frühgeburt gekommen, deshalb starb die Frau. Dann änderte er ganz plötzlich seine Meinung. Schon zwanzig Katzen hatte er umgebracht, als er eine, die er gerade würgte – sie schaute ihn an, wie die anderen auch, wehrte sich verzweifelt, kämpfte und kratze, ihre Augen quollen hervor –, laufen ließ. Er schleuderte sie fort. Als hätte sie Feuer gefangen und seine Hand verbrannt. Mit starrem, ausdruckslosem Gesicht beobachtete er, wie die pfeifend atmende Katze davonlief, sich an einen Baum lehnte, nieste und Blut spuckte. Von diesem Augenblick an griff er diese armen Viecher nicht mehr an. Er fütterte sie sogar. Den streunenden Katzen stellte er jeden Abend ein wenig Futter vor die Tür.

Er war kein fröhlicher Mensch, doch immer, wenn er jemandem begegnete, fragte er ihn etwas, egal was:

»Sind die Enkel nun gekommen?«, »Wie geht's, Onkel Józsi?«, »Woher haben Sie den Hund?«, »Was ist das für eine Blume dort im Fenster, Tante Erzsike?«, »Haben wir morgen schönes Wetter?«, »Tut Ihnen das Kreuz noch weh?«, »Was war in der Schule, Kindchen?«.

Er fragte, beugte sich ein wenig nach vor und wartete auf die Antwort. Danach sagte er, fragte er nichts mehr, nickte nur, so ist es denn, in Ordnung, so ist die Welt, darüber muß man sich nicht wundern. Als stellte er seine Fragen nur, weil er überprüfen wollte, ob alles immer noch so ist, wie es zuletzt gewesen war.

Sie nannten ihn Csita.

Er kam erst wieder zu sich, als die Ärzte sagten, wenn er kein Geld auftreiben würde, dann gäben sie Ani noch einen Monat und aus. Ihr Herz war zu schwach. Alles verkaufen, dachte er zuerst, doch er hatte kaum etwas zu verkaufen, das wenige kauften die Dörfler ihm auch nur aus Mitleid ab: ein Wagenrad, einen Mantel, drei Zwetschkenbäume, so viele standen in seinem Garten, einen Ring, der hatte noch seiner Frau gehört, ein, zwei Bücher, eine Bibel, ein altes Radio. Viel Geld fehlte ihm noch.

Dann ging er betteln. Er klopfte an jeder Tür, zuerst im Dorf, dann in den umliegenden Dörfern, zog immer weiter, tagelang war er verschwunden, dann kam er für kurze Zeit zurück, brachte Geld oder alles mögliche Glumpert, das er wieder verschacherte, auch wenn er nur ein paar Forint dafür bekam.

In Papiersäckchen sammelte er die Geldscheine, die Säckchen steckte er in ein Marmeladeglas und stellte sie auf den Küchenschrank. Daneben stellte er noch eine Mausefalle auf, sicher ist sicher.

Der Lackó-Bub kam aus dem Nachbardorf. Er war noch keine zwanzig, hatte ein hübsches Gesicht, lief mit offenem weißem Hemd im Dorf herum oder lehnte an der Mauer des Pressos. Mit einem Lächeln musterte er die Menschen, als wüßte er über jeden alles, was es zu wissen gab, und verstünde, warum der eine traurig ist, es der andere eilig hat oder herumschreit. Er hatte ein Mädchen entführt, ein blondes Bauernmädchen. Sie hatte einen verwöhnten, verschlafenen Blick, erzählten jene, die sie gesehen hatten. Wenige hatten sie zu Gesicht bekommen, das Mädchen durfte das Haus der Großmutter nicht verlassen, weil seine Eltern es verzweifelt suchten. Ihre Großmutter hütete das Geheimnis, schützte sie, hätte sie nie hergegeben, sie sah es ihr an, sie wäre verrückt geworden, hätte man sie vom Lackó-Buben getrennt.

»Ein schöner Bub!«

»Er ist hübsch, Oma, nicht? Und so lieb.«

»Ich weiß, ich weiß, meine Liebe, ich seh es ihm an«, und die Großmutter streichelte im finsteren Haus ihrem Enkelkind den Kopf.

Die Rollos waren heruntergelassen, damit auch das Flüstern nicht nach draußen dringen konnte, denn ihr Vater war ein jähzorniger Mensch, er durfte auch nicht zufällig erfahren, daß seine Tochter dort versteckt war.

Der Lackó-Bub konnte das Eingesperrtsein nicht ertragen, »Ich geh ein bißchen Luft schnappen, ich halt diesen Muff nicht mehr aus«, sagte er einige Tage später, und immer öfter sagte er diesen Satz, dann verschwand er für viele Stunden, machte sich mit dem Dorf vertraut.

»Kommst du wieder?« fragte ihn das Mädchen ganz verzweifelt.

»Wo könnt' ich denn hingehen?« antwortete der Lackó-Bub mit einer Natürlichkeit und Wärme. Die Angst des Mädchens war gleich wie verflogen und sie küßten sich zum Abschied.

Der Junge saß am Straßengraben vor dem Presso und ließ seine Füße baumeln. Mari stürmte daher, warf dem Jungen einen einzigen Blick zu, trat ins Presso, sie suchte ihren Vater. Sie fand ihn nicht. Dann machte sie kehrt und blieb in der Tür stehen, stemmte ihre Arme in die Hüften und blickte in die Ferne. Dann senkte sich ihr Blick, sie betrachtete Lackó, der auf seinem Hosenboden hin- und herrutschte und Mari anstarrte. Plötzlich sprang der Junge auf, klopfte sich den Staub von der Hose. Er wollte etwas sagen, doch Mari drehte sich weg. Lackó war einen halben Kopf kleiner als sie, für Mari kam er deshalb gar nicht mehr in Frage.

»Du suchst deinen Vater?«

»Ja, woher weißt du das?« Mari drehte dem Buben immer noch den Rücken zu.

»Vor einer Stunde war er noch hier.«

»Wo ist der denn hin?«

»Komm, ich zeig's dir.«

»Sag's nur, ich find auch selber hin.«

»Dir regnet es ja in die Nase!«

»Wo regnet es denn?«

Lackó lächelte verächtlich, das Mädchen machte eine abfällige Handbewegung und eilte davon.

»Nicht in diese Richtung! Er ist zur Kirche gegangen!«

Als Mari hinter der Kurve der Dorfstraße verschwand, die zur Kirche führte, stand Lackó auf und ging ihr nach. Er sprang über einen kleinen Zaun, kürzte den Weg ab. Als das Mädchen im Kirchgarten ankam, erwartete er es schon; er saß auf einem Grabstein, grinste breit und hielt eine Margerite in der Hand.

»Du hast mich nur hierher gelockt!«

»Aber nein. Dort liegt dein Vater, neben dem Grab. Aber warte noch ein wenig!«

Lackó glitt vom Stein herunter und steckte die Blume in Maris Haar. Sie riß die Margerite genervt wieder heraus.

»Glaubst du wirklich, das ist schön?!«

»Du bist schön!«

»Wer bist du überhaupt? Du wohnst ja nicht einmal im Dorf!«

Lackó ergriff Maris Kopf, hielt ihn ganz fest und küßte sie auf den Mund, saugte an ihren Lippen, so lange er konnte. Mari trat dem Jungen in den Bauch, er lief gleich darauf weg. Das Mädchen schaute ihm nach, beobachtete, wie er mit tänzelnden Schritten, sich immer wieder umwendend, zwischen den Gräbern verschwand. Mari ärgerte sich nicht, er hatte ihre Neugierde geweckt. Dann ging sie zum Grab ihrer Mutter und half ihrem Vater auf; er hockte zusammengekauert am lauwarmen Grabhügel mit dem Holzkreuz und mußte am Nachhauseweg von ihr gestützt werden.

*

Nachdem der Vater Mari erschlagen hatte, lief er schnurstracks ins Wirtshaus. Alle versammelten sich um ihn, umzingelten ihn, starrten den gebrochenen Mann fassungslos an. Jeder war auf Mari neidisch gewesen, doch den Tod hatte ihr keiner gewünscht. Mari war zu schön gewesen, zu eigensinnig und einsam. Ein liebenswertes Mädchen, rechthaberisch halt, das hatte man von ihr erzählt. Nicht einmal die neidischsten und häßlichsten Mädchen hatten je gesagt, sie möge doch sterben, abkratzen, verrecken, sie hatten sie nur angeblickt, arglistig, mit zusammengekniffenen Lippen und Augen. Sie waren böse auf sie gewesen, weil Mari immer noch Jungfrau war, und trotzdem alle Männer in sie vernarrt waren.

Alle schämten sich, als Mari tot war, darum die betretene Stille, das Unverständnis und das Schweigen. Mari war unschuldig. Das spürten sie.

Im Wirtshaus standen alle rund um den Tisch, an dem ihr Vater saß, mit hängendem Kopf, er wartete auf die Polizisten, sagte kein Wort, seufzte manchmal und trank. Wenn sein Glas leer war, stellte man ihm ein volles hin, immer winkte ein anderer dem Wirt zu, daß er das nächste übernähme.

»Was wird jetzt aus dir?«, fragte irgendwer, aber es kam keine Antwort.

Dann hörten sie ein Auto, es blieb vor dem Wirtshaus stehen. Türen wurden zugeschlagen, Schritte auf dem Schotter. Und es rauschte und quakte ein Funkgerät.

*

Es dämmerte schon, Mari räumte noch in der Küche herum. Die Krankheit ihrer jüngeren Schwester hatte sie müde gemacht, denn Ani klagte zwar niemals, aber man mußte sie nur anblicken und sah, wie sehr sie zu leiden hatte. Ihre Augen waren trüb, wie bei jenen, die es bald überstanden haben, schon aus einer anderen Welt ins Diesseits zurückblicken, vieles nicht mehr verstehen, aber alles akzeptieren. Solche Menschen lächeln oft, nur manchmal entstellt ein Krampf, ein unerträglicher Schmerz ihre Züge, zieht ihre Mundwinkel nach unten, das ist rasch vorbei und wieder lächeln sie, sanft und hingebungsvoll. Nur machen sie alle Menschen um sich herum traurig.

Mari fragte Ani vergeblich, was sie denn tun könnte, ob ihr etwas weh täte, ob sie einen Arzt holen sollte. Das Mädchen gab ihr ohne Worte, nur mit den Augen zu verstehen, daß es nichts brauchte. Sie musterte ihre ältere Schwester langsam, wie sie in der Mitte der Küche stand, in einer Hand einen Teller, in der anderen ein Geschirrtuch.

»Du bist schön«, flüsterte sie fast unhörbar.

Mari nickte, schaute ihre Schwester an, ein Lächeln huschte über ihre Lippen, dann trat sie zur Abwasch und spülte weiter das Geschirr. Als sie fertig war, war Ani schon eingeschlafen. Ihre gleichmäßiges, lautes Schnaufen erinnerte Mari an das Feuer im Sparherd, wie es gezischt und geknackt hatte, im Winter, vor langer Zeit, als ihre Familie noch eine ganze Familie gewesen war.

Es klopfte am Fenster.

»Wer ist da?«, rief Mari, dann besann sie sich und fragte leise, um ihre kleine Schwester nicht aufzuwecken: »Wer ist da?«

Es kam keine Antwort. Wieder klopfte es am Fenster.

Mari machte aber das Fenster nicht auf, sie trat statt dessen durch die Tür, ging nach vor, vors Haus, woher das Klopfen gekommen war. Dort sah sie den Lackó-Buben, er war zum Fenster hinaufgeklettert, hielt sich verkrampft fest und klopfte wieder, er hoffte, daß sich das Fenster öffnete.

»Was willst du denn?«, fragte Mari gleichgültig, mit Verachtung.

Der Junge erschrak und fiel herunter. Weh tat er sich nicht, er fiel ins Gemüsebeet, auf weiche, frisch umgestochene Erde. Vor dem Haus war ein kleiner, gepflegter Garten.

»Was willst du denn?«

»Ich weiß nicht, wo ich schlafen soll.«

»Na, bei uns sicher nicht.«

Mari nahm einen Kieselstein in die Hand und warf ihn in Richtung des Jungen. Sie traf ihn am Kopf.

»Und wofür war das?«

»Nur so! Für den Kuß.«

»Ich blute!«

Mari hatte sich schon umgedreht, sie wollte ins Haus zurückgehen, doch die verzweifelte Stimme des Jungen ließ sie stehen bleiben.

»Du hast mir den Schädel eingeschlagen!«

Lackó blutete stark am Kopf.

Mari seufzte laut.

»Komm, ich verbinde dich.«

Als sie ins Haus traten, sah sie einer der Nachbarn, der gerade in den Garten ging. Er war ein großer, stämmiger Gadscho, ein Nichtzigeuner, und immer griesgrämig. Seine kranke, mißmutige Frau machte ihn unglücklich.

»Du schleppst Burschen in das Haus deines Vaters?«

»Was geht's Sie an?« fuhr ihn Mari an und schlug die Tür hinter sich zu.

*

»Wir dürfen nur flüstern, Ani schläft sehr schwer ein und wird leicht wieder wach. Wenn sie sich nicht ausrastet, kann sie sofort sterben.«

»Was hat sie denn?«

»Ein schlechtes Herz.«

»Nicht so wie du. Du hast ein gutes«, schmeichelte ihr Lackó.

Mari schüttelte nur ihren Kopf, schmunzelte aber ein wenig dabei. Damit der Junge nicht übermütig würde, schlug sie ihm leicht auf die Wange. Lackó zischte auf.

»Das hat weh getan!«

Mari reinigte die Wunde mit einem feuchten Tuch. Im dichten, schwarzen Haar des Jungen war der Schnitt nicht leicht zu finden, das Blut war schon ein wenig getrocknet und verklebte die Haare. Sie verlor sich ganz in der Arbeit, richtete sich vor dem Jungen auf, der am Bettrand saß, ihre Brüste tanzten direkt vor seinen Augen. Lackó begann sie zu streicheln.

Mari blickte ihm tief in die Augen, nicht vorwurfsvoll, nicht verächtlich, eher erschrocken. Lackó erwiderte ihren Blick. Er lächelte nicht, er grinste nicht, er keuchte kaum hörbar; in seinem Blick steckte ein Flehen: stoße mich nicht weg von dir!

Maris Körper durchströmte die Hitze. Sie bebte. Ihre Lippen, ihre Brüste pochten, in ihrem Bauch verstärkte sich ein quälender, stechender Schmerz. Sie drückte Lackós Kopf an sich. Der Junge faßte Mut, schlüpfte unter Maris leichtes Kleid, biß wild auf ihre harten Brustwarzen und saugte daran. Dann küßte er ihren Bauch, ihren Nabel. Das Mädchen machte einen Satz nach hinten.

»Das ist verboten!« sagte sie mit glänzenden Augen. Ihre Nasenflügel blähten sich, keuchend schnappte sie nach Luft. »Ich bin Jungfrau!«

Lackó sagte kein Wort, streckte seine Hand aus, er wollte das Mädchen an sich ziehen. Mari ergriff die schöne, junge Hand und ließ geschehen, was der Junge wollte.

*

»Liebst du denn das Mädchen nicht?«

Lackó erzählte Mari, daß er ein Bauernmädchen aus dem Nachbardorf entführt hatte.

»Ich hab mir gedacht, ich liebe sie. Aber seitdem wir hier sind, bei ihrer Großmutter, gefallen mir so viele Sachen an ihr nicht mehr wirklich.«

»Ist sie schön?«

»Sie ist schön. Aber nicht so wie du. Mari, ich hab mich geirrt, sie paßt nicht zu mir. Sie ist verwöhnt und ihre Eltern verbieten uns jeden Kontakt. Ich will jemanden haben, der so ist wie du. Wenn ich dich anschaue, wird mir schwindelig, als ob ich betrunken wäre.«

»Laß das Mädchen nicht im Stich!«

»Ich kann nicht zurück zu ihr!«

»Du mußt aber zurück zu ihr!«

»Liebst du mich denn nicht?«

»Nein!«

Lackó sah Mari mit zusammengezogenen Augenbrauen an, küßte sie, biß ihr die Lippen blutig. Mari wurde wild, hielt sich jedoch zurück, nur ihre Brust hob und senkte sich mit rasender Geschwindigkeit.

»Ich hab dich aber lieb!«

»Du verliebst dich aber schnell! Solche wie du entlieben sich genau so schnell wieder.«

»Ich mache dir ein Kind!«

»Du bist ein Idiot! Ich werde hier gebraucht. Ani ist krank, Vati ist auch nicht mehr wie früher, ohne Mutti kann er nicht mehr leben. Er lebt wie ein Landstreicher.«

»Ich will ein Kind von dir!«

Lackó legte sich auf das Mädchen und wollte es ausziehen, aber Mari war viel stärker als er und befreite sich mit einem einzigen Tritt. Der Junge fiel neben dem Kachelofen nieder, blieb dort sitzen, steckte den Kopf zwischen die Beine und rührte sich nicht. Nach einer Weile trat Mari neben ihn und streichelte seinen Rücken.

»Ich liebe dich!« Lackó blickte zu ihr auf.

»Geh zu dem Mädchen zurück! Und komm nie wieder in meine Nähe. Wenn ich zurückkomme, bist du verschwunden!«

Mari ging in den Garten, sie nahm die trockene Wäsche von der Leine. Als sie zurückkam, war der Junge nicht mehr da. Sie setzte sich auf Anis Bett, fuhr über die schweißnasse Stirn ihrer Schwester, dann fing sie an zu weinen, leise, damit ihre Schwester nicht aufwachte. Dann ging Mari ins kleine Nebenzimmer und begann erst jetzt, richtig zu weinen, lange hörte man noch ihr Schluchzen.

*

Am nächsten Tag kam Csita zurück. Böse, wütend auf die ganze Welt: das wenige, das er zusammengebettelt hatte, war unterwegs verloren gegangen. Zehnmal hatte er umgedreht, hatte jeden Meter des Weges untersucht, die Brieftasche war nicht mehr zu finden. Bei einer Familie hatte man ihm kein Geld gegeben, sondern eine große, braune Brieftasche, in ihr hatte er die Münzen gesammelt, sie war schwer, vollgestopft, doch waren nur Ein- und Zwei-Forint-Münzen drinnen, die umgetauscht vielleicht ein paar Geldscheine wert gewesen wären.

Der Nachbar rechte gerade seinen Garten, als Csita heimkam.

»Dein Mensch schleppt Männer ins Haus, derweil du fort bist!«

Csita grüßte ihn, reagiert nicht auf den Satz, trat aber ins Haus wie einer, der entschlossen war, die Wahrheit herauszufinden.

»Hast du einen Geliebten?«

»Nein, ich hab keinen.«

»Der Nachbar hat's gesagt.«

»Was weiß der Alte schon? Sie glauben ihm, Vater? Ich hab keinen Geliebten.«

Csita war beruhigt, denn seine Tochter log nicht. Er ließ sich auf das Bett in der Küche fallen, starrte an den Plafond, sein Blick war düster.

»Viel ist nicht zusammengekommen …«

»Vati!« sagte Ani stöhnend, sie war gerade aufgewacht. »Mir geht's schon ein bißchen besser.«

Sie war ganz verschwitzt, ihre Lippen waren blau und immer wieder durchfuhr sie ein Zittern. Es war schwer zu glauben, was sie sagte. Ihr Vater stellte sich neben sie, streichelte ihren Kopf, aber seine Gedanken waren weit fort.

Er trat zum Schrank, er wollte das Geld zählen, wie er es schon so oft gemacht hatte, er wollte wissen, wie viel noch fehlte. Aber das Marmeladeglas war nirgendwo. Nur die Mausefalle stand auf dem Schrank, sie war leer, die Mäuse hatten den Speck herausgefressen, aber zugefallen war sie nicht.

»Wo ist das Geld?«

»Vielleicht ist es hinter den Kasten gefallen.«

Sie verschoben den schweren, wurmstichigen Schrank, der dabei fast auseinanderfiel, schon die Regungslosigkeit war für ihn Last genug.

Hinter dem Schrank war nichts. Nicht einmal Dreck, das war ein Lob für Mari.

»Wo ist das Glas?« Der Vater fragt immer verzweifelter und blickte abwechselnd Ani und Mari an. »Habt ihr es ausgegeben?«

»Aber nein!« Mari erblaßte. »Nein. Es muß doch irgendwo da sein!«

Sie stellten alles auf den Kopf. Und fanden nichts.

»Irgendwer hat es gestohlen!« Csita klappte zusammen, fiel neben dem Tisch zu Boden.

»Wer ist hier gewesen?«, fragte er.

»Niemand …«, sagte Mari, aber man spürte die Lüge in ihrer Stimme.

»Also hast du doch einen Geliebten?«

»Nein, Vati, nein! Ein Bursch ist hier gewesen, aber er ist nicht mein Geliebter. Er hat ein Mädchen aus dem

Nachbardorf entführt. Den hat der Nachbar gesehen, aber er ist nicht mein Geliebter!«

Das Mädchen wich immer weiter zurück, immer weiter in die Ecke der Küche, es gab keinen Weg zur Flucht, der Vater taumelte ihr entgegen, er konnte sich kaum auf den Beinen halten, seine Beine knickten ein, er raffte sich wieder hoch, die Wut gab ihm Kraft:

»Du bist auch eine Hur', wie deine Mutter!«

Er nahm die kleine Axt, die neben dem Sparherd lag, und wie beim Holzmachen schlug er sie mit Schwung, aber mit einem genauen und energischen Schlag auf den Kopf seiner Tochter.

*

Ani wurde vom Dorf gepflegt, aus purem schlechtem Gewissen. Keiner mochte sie, obwohl sie zu allen nett war. Sie erinnerte die Leute an Csita und an Mari. Jeden Tag aß sie woanders, und als sie nicht mehr die Kraft hatte, von Haus zu Haus zu gehen, brachte man ihr Essen, einmal dieser, einmal jener, alle ein, zwei Tage jemand anderer. Mit siebenundvierzig Jahren starb sie dann, aber nicht so, wie die Ärzte es vorausgesagt hatten. Sie fiel in den Brunnen. Zwei Tage war keiner mehr bei ihr gewesen und sie hatte unheimlich Durst gehabt. Sie wand sich irgendwie aus dem Bett, schleppte sich zum Brunnen, zog mit letzter Kraft den Kübel hoch, als er oben war, beugte sie sich nach vorne, um ihn herauszuheben. Der halb volle Kübel riß sie mit sich, in die Tiefe.

Alles Geld wär’ zu wenig

Anderthalb Millionen Forint fielen vom Gepäckträger des Geldboten. Er war mit dem Lohn der Fabrikarbeiter in die nahe Stadt unterwegs. Die Tasche fiel vor Cuncis Füße, als hätte man sie absichtlich dorthin geworfen. Es war früh am Morgen, die Straßen waren noch wie ausgestorben. Mutlos griff Cunci nach der schwarzen Aktentasche. Mit großer Mühe öffnete sie die Tasche und schreckte zurück beim Anblick des vielen Geldes. Schnell schloß sie die Tasche wieder, nahm sie unter den Arm und trug sie nach Hause. Ihr Mann war nicht zu Hause, und keiner war in der Nähe, mit dem sie sich beraten hätte können. Im Kopf begann sie die Scheine zu verteilen.

»Das kann man nicht verheimlichen«, sagte sie schließlich laut. Sie schnappte die Tasche und wollte damit auf die Gemeinde gehen, dort würde man sich schon um ihr weiteres Schicksal kümmern. Sie verwarf diese Idee gleich wieder, ihr waren die allmächtigen, vornehm tuenden Damen, die hinter ihren großen Schreibtischen saßen, und der fette, laute Bürgermeister eingefallen.

»Die stecken sich von dem Geld noch was ein, und wer ist dann dran? Dann doch lieber zum Gendarmen. Der ist auch kein guter Mensch, der ist auch ein Hund.

Aber der ist noch das kleinste Übel, und dann soll er mich in die Stadt bringen«, dachte sie.

Im Ruderleibchen, verschlafen öffnete der Gendarm die Tür.

»Was is' denn schon wieder? Schon wieder eine Schlägerei?«

»Schauen S' her!«

»Was is' das? Von wo hast das?«

»Is' von einem Moped heruntergefallen.«

»Gib nur her! Was is' drin?«

»Ich geb's Ihnen nicht. Führen Sie mich in die Stadt, auf der Polizeiwache geb ich es dann her.«

»Hast du's gestohlen?«

»Von einem Moped is' es heruntergefallen.«

»Was is' drin?«

»Sie werden's schon sehen, auf der Polizeiwache!«

Der Gendarm betrachtete sie eine Weile, dann ging er und zog sich an. Cunci wartete vor der Tür.

»Aber wenn du nur ein Taxi in die Stadt haben willst, dann wird's dir noch leid tun!« Der Gendarm glaubte selber nicht, daß die Frau ihm einen Streich spielen wollte, ihre Entschlossenheit hatte ihn aber ein wenig gekränkt, deswegen glaubte er, er müßte seine Autorität wiederherstellen.

Auch die Frau des Gendarmen war aufgestanden, eine blonde, ungarische Frau mit schönen Zügen.

»Was is', Béla?«

»Nix, die Zigeuner sekkieren mich schon wieder.«

Cunci hörte ihnen schweigend zu, sie beneidete die Frau um ihre Schönheit, und die Wortwahl tat ihr weh. Als der Gendarm fertig war, hatte sich sein Gesicht schon in einem Maße verfinstert, daß man glauben mochte, er würde gleich einen Mord begehen.

»Frau, überleg es dir gut, ob du mich wirklich übers Ohr hauen willst. Jetzt ist es noch nicht zu spät!«

»Ich verfluche Sie, wenn Sie mich nicht in die Stadt bringen!«

Der Gendarm spuckte aus, befahl Cunci, sich ins Auto zu setzen, die ganze Fahrt in die Stadt fluchte er.

»Wo hast du das her, Frau?«, ein Kriminalbeamter baute sich vor ihr auf.

»Wir werden es ganz genau zählen!«

Sie telefonierten. In der Fabrik sagte man, es würden zwei Millionen Forint fehlen.

»Frau, dann fehlt hier eine halbe Million!«

»Eine halbe Million! Der kleine Sanyi könnte endlich ein Fahrrad bekommen, und was noch alles?! Der Árpi sein Fernrohr, das er sich so wünscht. Mein Gott, wofür könnte man so viel Geld ausgeben? Für ein Haus? Warum, ist doch unseres ganz in Ordnung. Möbel? Die würden alle schimmelig werden. Ein wenig Grund könnten wir uns kaufen. Da müßten wir auch was anbauen. Und wer würde was anbauen? Niemand. Ich würde wieder herumzupfen, jäten, herumkriechen. Karotten, Zwiebeln, Kohlrabi, na, das wär' nicht schlecht. Aber kaufen ist doch viel einfacher, und man hat damit nicht diese viele Arbeit, im heißen Sommer! Gold? Ja, einen Haufen voll. Da wären dann die ungarischen Weiber alle neidig: ›Aber Cuncika, ist der Schmuck nicht viel zu schwer? Tut dir da der Hals nicht weh? Ist das nicht ein Modeschmuck?‹ Und dann würde ich ihnen eine Kette hinschmeißen, damit sie ganz bleich werden vor Neid. In den Dreck würd ich den Schmuck schmeißen, vor ihren Augen. Ah, so wär' ich nicht. Das paßt nicht zu mir. Aber warum dann überhaupt Gold?

Wofür könnt ich denn diese halbe Million ausgeben? Die Männer würden es versaufen. Sie würden kein halbes Jahr dafür brauchen. Ein halbes Jahr? Einen Monat! Sie würden sich ins Presso setzen und an einem Abend die Hälfte davon in den Flipper stecken.

So viel Geld könnt ich gar nicht ausgeben. Oder Kleider? Die könnte man kaufen. Die ich in der Stadt gesehen habe, im Pfandhaus, diese schönen Röcke mit den Rosen darauf, heutzutage kriegt man so was nirgends mehr.

Spiele für die Kinder? Die spielen doch genug. Was soll ich ihnen kaufen, Jahrmarktsglumpert? Schweinchen und Hunde, Katzen, häßliche Pelzviecher, die kleine Manyika ist an so einem vor einem Jahr fast erstickt, wie sie in die pelzige Schildkröte gebissen hat, wenn der Jani ihm nicht in den Hals gegriffen hätte, wäre das kleine Butzerl auf der Stelle gestorben, mit seinem halben Jahr.

So viel Geld könnt ich nie ausgeben.«

»Warum sagen Sie nichts? Haben Sie die halbe Million gestohlen?« Cunci saß an einem Schreibtisch, die Polizisten telefonierten nervös herum und Cunci schwieg mit einer traurigen Geruhsamkeit, was können die Herren Polizisten schon davon wissen, was ihr im Kopf herumgeht.

»Oder da ist die Ani, dieses unglückselige Mädl, mit dem schlechten Herz. Ihr könnte man was geben, damit sie ihre Medizin bekommt aus Amerika, das hätte einen Sinn. Wieviel kann das kosten? Amerika, das wär's! Herumfahren, hierher und dorthin. Vielleicht könnten wir sogar alle an den Plattensee fahren. Wir müßten uns nur einen Chauffeur bezahlen und irgendein großes Auto, so eines, mit dem der Sodakutscher herumfährt, wenn er nach Budapest fährt und immer mit irgendeinem Gerümpel heimkommt, das er dann monatelang auf dem Markt in Ózd verkauft. Einen kleinen Bus. Und die Kinder von den Verwandten. Die hätten ja gar keinen Platz. Na, dann zwei Autos. Und auch zwei Chauffeure. Und dann würden wir beim Plattensee herumsitzen. Aber ich hab ja nicht einmal einen Badeanzug. Den müßten wir auch kaufen. Und nicht nur für mich. Würden wir alles kaufen, wir hätten die Marie gleich vertan. Eine halbe Million. Tage. In ein paar Tagen wär' sie weg. Die ganzen Millionen hätte man …«

»Wenn Sie ein Geständnis ablegen, meine liebe Frau, dann wird die Strafe milder. Sie haben uns ja einen Teil von dem Geld gebracht, wenn auch nicht alles.« Ein junger Polizist setzte sich vor sie hin, er setzte sich rittlings auf einen Stuhl, stützte sich auf der Lehne ab. »Seien Sie doch gescheit! Sie haben Kinder, gell?«

»Ja, die hab ich.«

»Wie sollen die denn ohne Mutter aufwachsen? Weil aus dieser Sache können viele Jahre Gefängnis werden.«

»Ich habe nichts gestohlen«, sagte Cunci mit traurigem Blick.

Der Gendarm hatte sich an die Tür gelehnt und stocherte mit einem Zündholz in seinem Mund herum.

»Ich hab's gewußt, die sind alle so. Wie sie mich aus dem Bett geläutet hat, ist sie mir schon verdächtig gewesen. Ich hab ihr gesagt, sie soll mich nicht verarschen, wer hätt' sich denn gedacht, daß sie mit so viel Geld herumrennt. Die stehlen alle. Jeder einzelne Zigeuner steckt sich ein, was er findet!«

Wieder klingelte das Telefon, der Kriminalbeamte lief rot an, während er an der knackenden Muschel lauschte. Nachdem er aufgelegt hatte, drückte er seine Zigarette aus, strich sein Haar nach hinten, als wäre es weiß Gott wie lang, sein Haar war jedoch nach Igelfasson geschnitten. Er bebte. Er baute sich vor der Frau auf und sprach langsam, er buchstabierte fast:

»Das Geld muß zu-rück-ge-geben werden! Das Geld gehört den Ar-bei-tern! Die haben dafür ge-ar-bei-tet, verdammt noch einmal!« schrie er. »Sollen wir in eure zugeschissene Hütte gehen und alles durchsuchen? Das willst du haben? Wenn du das haben willst, dann wirst du's kriegen, du stinkende Zigeunerhur'!«

Ein anderer Polizist versuchte ihn zu beruhigen.

»Mich werden sie hinausschmeißen wegen der da. Was braucht die Fut so viel Geld?«

»Ich könnt es sowieso nie ausgeben«, dachte auch Cunci. »Alles Geld der Welt wär' zu wenig. Es ist am besten, wenn man überhaupt keins hat. Die Männer würden es versaufen, die Gadsche, die Nichtzigeuner würden böse auf uns werden. Ein Ei ist nicht viel, nicht einmal so viel würde uns sogar die Tante Erzsi mehr geben, und die mag uns sehr. Alle wären sie neidisch. Was uns nicht zusteht, steht uns halt nicht zu. Ein, zwei Kleider, für den Winter, die würd' ich brauchen. Das könnte man schon …«

»Gewand, wir brauchen Wintergewand«, sagte Cunci, kaum hörbar.

»Was ist? Im Gewand hast du's versteckt?«

»Nein, warte. Was haben Sie gesagt, meine Dame?« fragte der Freundlichere.

»Die Kinder haben keinen Mantel für den Winter und auch keine Stiefel. Gewand würden wir brauchen.«

»Darum haben Sie das Geld gestohlen?«

»Ich hab kein Geld gestohlen.«

»WO IST DANN DAS GEEEEEEELD?«

»In der Tasche.«

»DA FEHLT WAS DAVON!«

»Ich hab keinen Groschen davon genommen.«

Der Kriminaler schlug mit der Faust auf den Tisch:

»Rausschmeißen werden sie mich, dann kann ich Kanalräumen gehen! Und du kommst in den Häfen, du Zigeunerhur'!«

Cunci wollte aufstehen, nach Hause gehen, sie hatte genug von den Beschimpfungen. Sie hatte das Geld hierhergebracht, war ehrlich gewesen und jetzt wird sie beschuldigt, verdächtigt, als wäre sie eine Verbrecherin. Ein einziges Mal hatte sie bei ihr im Dorf einen Lutscher im Lebensmittelgeschäft gestohlen, dafür hatte das Geld nicht mehr gereicht, aber ihr Sohn hatte geschrien, weil er ihn unbedingt haben wollte.

»Ich habe noch nie was gestohlen«, und sie hob plötzlich ihre Stimme. »Ein Lutscher ist nicht viel, nicht einmal den!«

Denen vielleicht noch von diesem Lutscher erzählen, das geht nicht. Dann wären sie sich ja ganz sicher wegen dem Geld!

Der Kriminalbeamte schlug ihr ins Gesicht. Cunci begann zu weinen. Der andere Polizist strich ihr über den Rücken und schaute seinen Kollegen böse an.

Wieder klingelte das Telefon. Der Kriminaler machte plötzlich große Augen.

»Ja, ich versteh. Was für ein Glück«, sagte er mit ersterbender Stimme.

Verwirrt ging er im Zimmer auf und ab.

»Unterschreiben Sie das, dann können Sie gehen«, sagte er zu Cunci. Seine verschwitzten Handflächen wischte er sich an den Hosenbeinen ab.

Die Frau stand verständnislos, argwöhnisch auf, man hatte ihr ein großes weißes Papier vor die Nase geschoben, sie wollte lesen, was darauf stand, traute sich aber nicht, unterschrieb ganz rasch, sie wollte nicht noch eine Ohrfeige bekommen. Der Kriminalbeamte deutete mit einer Kopfbewegung, daß sie jetzt gehen könne.

»Wiederschauen«, sagte der andere Polizist und ermutigte sie mit einem Lächeln; sie könne ruhig gehen.

»Das Geld ist aufgetaucht! Der Affe, der Bote, hat irgendwas herumgeredet, aber die Bank hat ihm nur anderthalb Millionen eingepackt.«

Der umgänglichere Polizist schüttelte den Kopf.

»Du bist ein Trottel«, sagte er. »Ein Idiot.«

Der Beamte wollte etwas sagen, winkte dann aber nur abfällig mit der Hand, setzte sich an den Tisch und legte seinen Kopf in die Hand.

»Die sind halt so! Sonst sind sie ja auch so. Das weißt du ja ganz genau!«

Die Quelle

Mit einer grünen Bierflasche in der Hand stapfte Pista frohgemut auf dem Weg dahin, der aus dem Wald führte. Lusi trottete neben ihm einher. Sie neckten einander schon eine ganze Weile. Pista hatte den tölpelhaft grinsenden Jungen schon mehrmals gefragt, ob er schon ein Höschen gesehen, ob er schon mal hineingegriffen hätte. Verlegen schüttelte Lusi den Kopf, kicherte jedes Mal und rieb seine Hände vor Aufregung.

»Komm mal her«, sagte Pista, »ich zeig dir, wie eine Muschi aussieht. Falte die Hände, als ob du beten würdest!«

Pista machte das auch, dann hakten sie ihre Hände zwischen den Zeigefingern und Mittelfingern zusammen.

»Jetzt öffne deine Handflächen! Aber langsam! Da muß man immer ganz vorsichtig schauen!«

Lusi öffnete aufgeregt seine Hände und was er sah, ließ ihn einen Satz nach hinten machen.

»Dso? Gnau dso?« fragte er kaum verständlich. Seine Zunge war träge, er hatte nie richtig sprechen gelernt.

»Genau so«, lachte Pista. »Nur haarig. Wie die Ohren und die Nasen bei den Alten.«

Lusi wurde nachdenklich. Er sagte nichts mehr, bis sie zu Hause angekommen waren. Lusi begleitete Pista bis zum Tor, dann winkte er ihm zu, daß auch er nach Hause ginge, man warte dort auf ihn.

Pistas Frau, Bella, war schlecht gelaunt. Sie saß breitbeinig auf einem Schemel in der Küchentür, die auf den Hof führte, und pickte aus ihrer schmutzigen Schürze kleine Häppchen Paradeiser, Brot und Speck. Als sie ihren Mann erblickte, schlang sie rasch die letzten Happen hinunter und sprang auf.

»Warst ja lange weg«, sagte sie, »hat's Schwammerl gegeben?«

»Wenig«, antwortete Pista, »vier, fünf, die haben wir dort gelassen, haben sie weggeschmissen. Is' vor uns schon wer gegangen.«

»Wo wart ihr denn?«

Pista winkte mit der Hand in Richtung Wald, um zu zeigen wo, Bella geriet durch diese Handbewegung in Wut.

»Dort wart ihr? Und warum kommt ihr aus der anderen Richtung?«

»Weil die Straße von dort hereinkommt, Alte. War bei keinem Weib. Wenn du das wissen willst.«

»Wen interessiert das denn schon! Du fickst, mit wem du willst. Wegen der Landstreicher hab ich gefragt, guter Mann! Du glaubst, daß ich immer nur deinen Zipfel im Schädel hab!« sagte Bella unwillig.

Der alte Nachbar kam aus seinem Haus und winkte Pista zu sich.

»Gott zum Gruß, Onkel Feri! Was gibt's denn?«

»Hat's Pilze gegeben?«

»Irgendwann mal, jetzt nicht mehr. Aber irgendwann gibt's wieder welche.«

»Willst ein bißchen Geld verdienen?«

»Wie denn?«

Onkel Feri beugte sich näher und flüsterte Pista zu.

»Dann ist jetzt niemand zu Hause?«, fragte Pista.

»Heute hab ich keinen gesehen, ich hab ganz genau aufgepaßt. Im Wirtshaus erzählt man, daß auch die Frau nach Budapest fährt. Das Haus ist leer. Wart noch, bis es finster ist! In der Küche, unter dem Sparherd wackelt ein Ziegel. Da ist sie. Du muß ihn nur herauszwängen. Wenn ich jünger wäre, würd' ich's holen gehen.«

»Was ist denn drin? Ein Schatz vielleicht?«

»Irgendwann war's für wen ein Schatz«, sagte der Alte geheimnisvoll und drückte Pista einen Fünfziger in die Hand. »Vorschuß.«

*

Damals zog die Familie Samlussz ins Dorf. Zwei große Lastwagen brachten ihre Möbel, schöne, mächtige, saubere Möbel. Ein Küchenschrank, Teppiche, Bücher wurden abgeladen, alles, was man in einem Haus so braucht. Die Familie kam mit einem Auto. Samlussz, seine Frau und ihr blasser Sohn, Benedek. Der Vater leitete eine Zeit lang das Abladen, die Packerei, Räumerei, bemerkte dann, daß sie zu wenige waren und bat die gaffenden Männer zu helfen, er würde sie auch bezahlen. Einige standen sofort

Habt-Acht, unter ihnen auch Pista, und bald waren alle schweren Sachen abgeladen.

»Wie lange bleiben Sie?« fragten sie Samlussz, während sie nach der blonden Frau mit dem unschuldigen Gesicht schielten.

»Wir sind hierher gezogen. Wir werden hier wohnen. Wir wollen auch bauen«, bekamen sie zur Antwort. Die Männer wunderten sich, weil sie nicht verstanden, warum eine so reiche und schöne Familie in ein Dorf zieht, wo es nichts, überhaupt nichts gibt.

»Danke, Leute«, sagte Samlussz und rieb sich die Hände, als sie mit dem Abladen fertig waren. »Das war gute Arbeit. Trinken wir einen Schnaps, dann bezahl ich euch.«

Anständig bewirtete er seine Arbeiter, die staunend, stumm die Gläser ergriffen. Sie waren erstaunt über die Aufgeschlossenheit von Samlussz, die Schönheit seiner Frau, die Stummheit des Kindes und den Wohlstand der Familie.

»So von einem Tag auf den anderen?« fragte ein alter Dörfler, während sie tranken. »Woher seid ihr?«

»Mein Großvater hat hier gelebt. Meine Eltern sind aber nach Pest gezogen, und wir kommen jetzt zurück.«

»Aus Pest!? Die hauen alle ab, oder was? Weil es sind auch andere von dort hierher gekommen«, fuhr einer der Männer fort. »Juditka und ihr Mann. Ein junges Paar. Aber, na ja, ihr Mann ist ja noch dort geblieben, zum Arbeiten, der kommt nur am Wochenende nach Haus', da ist die Juditka die ganze Woche hier allein. Bei denen wissen wir auch nicht, warum die gekommen sind.«

»Klar wissen wir's«, warf Pista ein. »Wegen der Juditka eben. Weil sie lungenkrank ist. Wegen der guten Luft sind die hier. Das haben die schon hundertmal gesagt.«

»Na, dann eben deshalb. Die Luft ist hier ja richtig gut. Hier kommt die schlechte Luft nicht her und viel Wald gibt's auch. Von den Horváths weiß man aber wirklich nix. Die sind einen Monat hier.«

»Trinken wir noch einen, dann gehen wir! Trinken Sie nix?« fragte Pista Samlussz, nachdem er das Glas geleert hatte.

»Nein. Nur Mineralwasser.«

»Mineralwasser? Na, da hol ich Ihnen mal eins, wie Sie noch nie eins getrunken haben. Hier gibt's irgendwo eine Quelle. Gerade heute hab ich sie gefunden.«

In der Dämmerung blieb ein langhaariges Mädchen von sechzehn, siebzehn Jahren am Tor stehen.

»Pista, bist du da?« rief sie über den Zaun.

»Ja. Bist du's, Lujza? Die Bella hat dich geschickt, stimmt's?«

»Nein.«

»Komm herein, ich geh auch gleich. Wo ist die Alte?«

»Daheim. Sie wartet.« Das Mädchen trat auf den Hof. »Macht sich schon Sorgen.«

»Die ist bald sechzig und schämt sich nicht für ihre Eifersucht.« Pista lächelte.

»Wo die Liebe hinfällt …«, sagte jemand, und alle lachten.

Samlussz bezahlte die Männer und alle gingen nach Hause. Lujza schritt gedankenversunken neben Pista her, manchmal drehte sie sich plötzlich um die eigene Achse und ihr langer, glockenförmiger Rock drehte sich dabei, als wäre er ein Karussell.

»Wer war der Bursche mit der Brille?« fragte sie Pista.

»Der neue Junge. Der Sohn von Samlussz. Nur Haut und Knochen, was?«

»Nein. Er ist schön«, sagte Lujza und warf ihr langes, schwarzes Haar nach hinten.

*

Róza war hinüber zu Bella gegangen. Eine Zeit lang hockte sie nur neben dem Herd, sie wollte nicht auf den Hof hinausgehen, obwohl es draußen warm war, sie wiegte nur nachdenklich den Kopf. Sie fragte, ob der Pista zu Hause sei und dann, ob er auch nicht so bald zurückkomme.

»Was willst du denn? Weißt du was über den Pista?« fragte Bella mißtrauisch.

»Was soll ich denn wissen?« Róza warf den Kopf hoch. »Ich weiß gar nix. Aber worauf du neugierig bist, das kannst du erfahren.«

»Du weißt doch was!«

Róza zog eine dicke Bibel aus den Falten ihrer Schürze. Zwischen den Seiten war ein Schlüssel eingeklemmt, das Ganze mit einem Schuhband verschnürt.

»Leg den Schlüssel auf deine beiden Zeigefinger, so«, sie zeigte Bella, was zu tun sei, »dann fragst du was. Wenn sich die Bibel nach links dreht, dann ist die Antwort ja, wenn nach rechts, dann nein. Jesus gibt dir Antwort.«

Bella nahm vorsichtig das Buch, versuchte es auf ihren Fingern zu balancieren.

»Wenn's dir geantwortet hat, darfst nix sagen, sonst gilt's nicht. Damit ruinierst du alles. Nur du darfst es wissen.«

»Hat das bei dir hingehaut?«

»Schon oft genug«, antwortete Róza mit unverständlicher Trauer in den Augen.

Bella wandte sich ab. Sie schloß die Augen, konzentrierte sich, formulierte tief im Innern eine Frage. Lange blieb sie regungslos, weil die Bibel nicht gleich antworten wollte.

»Na?« fragte Róza ungeduldig.

»So ist es. Jesus hat geantwortet.«

»Was hat er gesagt? Was hast du gefragt?«

»Das sag ich nicht.«

»Warum?«

»Weil es dann nicht gilt.«

»Jetzt ist's schon egal«, drängte die Frau und beugte sich in ihrer großen Neugier ganz nah zu Bella hin.

»Is' nicht egal« , meinte Bella stur. »Jetzt frag du!«

Róza nahm das Buch, hob ihre Augen zum Himmel, als würde sie beten, dann küßte sie den Schlüssel und hielt die Bibel weit von sich. Sie bewegte sich bald. Die Frau schien unzufrieden mit der Antwort, weil sie das heilige Buch mit einem sauren Gesicht weglegte:

»Ich hab auch schon gefragt, ob die Juditka eine Hure ist. Ist aber auch egal, was Jesus geantwortet hat, man sieht's ihr ja sowieso an. Nicht wahr?«

»Mhm«, brummte Bella und blickte traurig vor sich hin.

»Sauber ist sie schon, das ist wahr, aber wenn sie sich ein bißchen gehen ließe, wäre sie gleich nicht mehr schön. Denn wer richtig schön ist, der is' auch schön, wenn er schmutzig ist. Oder?«

»Mhm.«

»Sie verdreht den Männern den Kopf. Sogar meiner schaut sie an, der alte Bock. Es gibt keinen Mann, dem nicht das Wasser im Munde zusammenrinnt, wenn sie vorbeigeht.«

Da hob auch Bella den Kopf, hörte mit Interesse zu, als ihr Róza erzählte, welche Hurenkleider die Schlampe anzieht. Als wäre es nicht genug, daß dieses Nichts von einem Rock kaum ihre Fut bedeckt, auch der Stoff ihrer Blusen ist so leicht und dünn, daß die Titten durchscheinen, darum starren sie alle an. Und wie sie geht! Wie ein Schiff. Sie wiegt sich mal nach rechts, mal nach links. Mit diesem kleinen, festen Arsch. Bella strich ihr graues Haar zurecht, wie sie es gemacht hatte, als sie noch jung und schön gewesen war. Sie erinnerte sich, wie auch sie die Straße im Zigeunerviertel entlangspazierte, wie ein Schiff, langsam, mit wogenden Schritten.

»Ich bin froh, daß sie heute ihrem Mann nachgefahren ist«, sagte Róza, als sich plötzlich die Tür öffnete und Pista eintrat.

»Wer ist weggefahren?« fragte Pista.

»Die Juditka«, sagte die Frau verwundert, nachdem sie Pista näher betrachtet hatte.

Sein Gewand war zerrissen, sein Hemd und seine Hose blutig. Er zog sich lächelnd aus und wusch sich im Lavoir, dann zog er saubere Kleider an. Die Frauen schauten ihm wortlos zu, Bella sprang nur einmal auf, als ihr Mann vollkommen nackt in der Mitte der Küche stand, um ihn zu verdecken.

»Wem sein Blut ist das?«, fragte sie und musterte das Hemd.

»Jetzt dem Gewand seins.«

»Aber aus wem is' es geronnen?«

»Aus einem Gadscho. Im Krankenhaus kriegt er ein neues.«

»Hast du wen umgebracht?«

»Nicht umgebracht. Der lebt noch. Wo ist die Flasche Bier, die ich gestern heimgebracht habe?«

Die Bella nahm die Flasche aus der Kredenz, gab sie ohne ein weiteres Wort ihrem Mann und schaute zu, wie er aus der Küche ging und die Tür hinter sich zuzog. Die Frauen saßen still und schauten einander betroffen an. Róza zog die Bibel hervor und streckte sie Bella hin. Sie griff auch schon nach ihr, winkte dann aber ab, als sei sie eben gerade zu sich gekommen, und lief ihrem Mann nach.

*

Lusi ging gerne ins Wirtshaus, denn dort beschäftigen sich die Leute mit ihm. Sie erzählten ihm Witze, klopften ihm auf die Schulter, manchmal zahlten sie ihm auch einen Schnaps. Diesen trank er immer mit großer Mühe, mußte er doch niesen und husten davon, doch im Wirthaus war die Stimmung immer gut.

Lusi setzte sich auf die Ofenbank und wartete auf Gäste. Lange Zeit kam niemand, deshalb freute er sich, als der Horváth und sein Sohn sich einige Zeit nach der Dämmerung einstellten. Sie kamen aus dem Wald, hatten Erdbeeren gebrockt, in ihren schlammigen Gummistiefeln setzten sie sich neben Lusi hin.

»Schau, Lusi, wie viel wir gefunden haben!« rühmte sich Horváth.

»Viel. A mir habm gfundn heite.«

»Erdbeeren?«

»Wassa.«

»Was … Was?«

»Wassa. Schprtznd.«

»Denkst schon wieder nur ans Schubern?«

»Hat er gar nicht gesagt«, sagte Zoli, der Sohn von Horváth. »Lassen wir ihn reden! Was habt ihr gefunden, Lusi?«

»Qelle. D' hat gschprtzd.«

»Eine Quelle? Wo denn?«

Lusi erzählte, wie interessant diese Quelle spritzte und blubberte. Sie hatten eine Flasche in das Loch gesteckt, aus dem das Wasser floß, und einen Augenblick später hatte das Wasser sie mit aller Kraft wieder ausgespuckt und dabei zerbrochen. Als wäre eine Bombe explodiert, so waren ihnen die Splitter um die Ohren geflogen.

»Pista hat gsgt, soll Gheimns bleibm«, und damit war seine Erzählung beendet.

»Der Pista hat gesagt, es soll ein Geheimnis bleiben? Warum?«

Aber Lusi lächelte nur, denn das durfte er nicht mehr erzählen. Pista hatte Pläne mit dem Wasser, deshalb hatte er ihm befohlen, keinem zu verraten, wo die Quelle ist. Horváth und sein Sohn ließen den Jungen nicht in Ruhe, trotzdem verriet er ihnen nichts. Sie schafften Lusi an, er möge das nächste Mal, wenn er bei der Quelle wäre, ihnen eine Flasche Wasser mitbringen, sie wollten es auch kosten, das Wasser. Lusi sträubte sich, er könnte nicht wissen, ob er nun dürfe oder nicht, meinte er, sie sollten zu Pista hinübergehen, er würde es ihnen sagen. Zoli ging voller Freude mit zu Pista, weil er hoffte, Lujza zu treffen, Bellas Taufkind.

Als die beiden bei Pista ankamen, trat er gerade mit der Bierflasche in der Hand vor das Haus. Er war in Eile und nahm die zwei kaum wahr.

»Warum redest du nicht endlich mit dem Mädel? Sonst wirst du ihr umsonst nachschleichen«, meinte Pista zu Zoli, als er sie endlich bemerkte.

»Mit welchem Mädel?« der Junge lief rot an.

»Lujza ist jetzt nicht da, sie ist schon heimgegangen«, sagte Pista und winkte Lusi zu, er möge mit ihm gehen.

Sie hatten auch schon vergessen, warum sie überhaupt gekommen waren, Lusi sprang glücklich Pista entgegen und Zoli eilte verstört davon, als hätte er etwas Unaufschiebbares zu erledigen.

*

Pista und Lusi gingen auf dem kürzesten Weg zu den Samlussz'. Diese räumten immer noch herum, in den

Zimmern war die Unordnung groß, sie versuchten die Betten zu machen, um sich endlich schlafen legen zu können.

»Wir haben das Wasser gebracht!« Pista trommelte an die Tür.

»Was?« Samlussz trat hinaus. Er hatte schon wieder vergessen, daß ihm vor ein, zwei Stunden Quellwasser versprochen worden war.

»Aus der Quelle. Die hab ich heut' gefunden. Sie wissen schon! Mineralwasser. Ich hab nur so eine kleine Flasche gehabt. Aber wenn's Ihnen schmeckt, hol ich so viel wie Sie wollen.«

Der Hausherr nahm die Flasche entgegen, machte einen großen Schluck, dann nickte er: sehr gut, sehr fein. Er war unheimlich müde, deshalb fiel ihm das Reden schon sehr schwer.

»Ich würd' diese Quelle gern sehen! Scheint mir ein sehr wertvolles Wasser zu sein«, sagte er.

»Das wär' gefährlich. Sie liegt sehr tief und sehr hoch.«

»Tief jetzt oder hoch?«

»Sehr tief im Wald, aber sehr hoch droben. Sie brauchen nicht dort hinaufklettern, ich bringe Ihnen, so viel sie wollen. Und wir kommen irgendwie überein. Das hier ist jetzt nur eine Kostprobe, ein Geschenk.«

»Gut«, meinte Samlussz erschöpft.

Als die zwei Besucher gegangen waren, schüttete er den Inhalt der Flasche an der Hauswand aus.

»Wart hier auf mich!« befahl Pista Lusi. »Ich bin gleich wieder da. Der Onkel Feri gibt uns ein wenig Geld, dann können wir ins Presso gehen.«

Sie waren am Garten von Juditka. Das Haus hatte früher Onkel Feri gehört, damals hatte er wohl diese kleine Dose versteckt, um die er jetzt Pista geschickt hatte. Er kletterte vorsichtig auf den Maulbeerbaum, der hinter dem Haus stand, von diesem stieg er aufs Dach, schob ein paar Dachziegel zur Seite und war auch schon auf dem Dachboden, von dort kletterte er vorsichtig in die Küche hinunter. Pista bewegte sich, als wäre er bei sich zu Hause. Er schob den Sparherd zur Seite, so gut er konnte, und pfiff dabei halblaut ein Lied. Er klopfte an alle Ziegel, um den lockeren zu finden, hinter dem die Dose versteckt war.

»Was machen Sie da?« Plötzlich stand jemand im weißen Nachthemd vor ihm.

Pista erschrak zuerst, weil er dachte, ein Gespenst stünde vor ihm, er setzte sich auch sofort auf den Steinboden, seufzte dann aber erleichtert auf:

»Ach, Sie sind das, Juditka? Warum sind sie nicht in Budapest?«

»Ich bin nicht gefahren. Bin ein wenig krank. Aber was machen Sie hier, Pista? Sind Sie stehlen gekommen?«

»Aber nicht doch. Hier ist in der Wand irgendwo eine kleine Dose versteckt.«

»Was für eine Dose?«

»Die gehört dem alten Feri. Bin gleich fertig.«

»Wollen Sie einen Kuchen? Kaffee?«

»Ja, kochen Sie einen!«

Juditka klagte, wie schlecht sie sich seit Tagen schon fühlen würde. Ihre Seele sei krank, sagte sie, weil sich keiner um sie kümmerte. Sie war an das dauernde Treiben, Gewimmel gewöhnt, an die vielen Menschen, an Gäste, an Gesellschaft. Hier passiere wochenlang überhaupt nichts, sie würde auch sofort wieder nach Budapest ziehen, doch wegen der Luft muß sie bleiben, körperlich gehe es ihr hier viel besser, als in der stinkenden und schmutzigen Stadt. Und ihr Mann sei auch immer fort.

»Sagen Sie, Pista, ist ihnen nicht fad, am Abend, sagen wir? Wir könnten gemeinsam was unternehmen.«

»Gemeinsam?«

»Wir könnten reden. Sie könnten hierherkommen, wann immer Sie wollen.«

Pista hatte die kleine Dose gefunden und in seine Hosentasche gleiten lassen, dann schaute er in Juditkas Augen, wie jemand, der verstehen würde, wovon sie gerade geredet hatte.

»Ich schick Ihnen wen, mit dem Sie sich unterhalten können«, sagte er, »warten Sie einen Moment!«

Damit trat er aus der Tür in den Garten und winkte Lusi, der immer noch am Tor stand, zu, er solle herkommen.

»Ich komm dann in ein, zwei Stunden wieder zurück«, meinte er mit einem verschmitzten Lächeln und ließ die beiden allein.

Er war kaum aus dem Haus, als an der nahen Haltestelle ein Überlandbus stehen blieb. Ein einziger Mensch stieg aus: Juditkas Mann. Mit schnellen, ungeduldigen Schritten ging er nach Hause, als wollte er gute Nachrichten überbringen! Als Juditka ihren Mann an seinen Schritten erkannte, blieb ihr gerade noch Zeit, Lusi, der vor ihr kniete, ins andere Zimmer hinüberzustoßen, wo Gerümpel stand, Schachteln und Koffer. Bella war indes alle Nachbarn abgegangen, um herauszufinden, in welche Schlägerei Pista verwickelt gewesen war. Sie hatte erfahren, daß die Rauferei wegen Lujza begonnen hatte, weil irgendein Gadscho sie in den Hintern gezwickt hatte, sie hatte daraufhin aufgeschrien; das war der Anfang gewesen. Fünf oder sechs waren dann aneinandergeraten und der Bauernjunge war im Krankenhaus wieder aufgewacht. Die Frau machte sich Sorgen, und um weitere Wahnsinnstaten ihres Mannes zu verhindern, suchte sie ihn. Man sagte ihr, er wäre zuletzt im Garten von Juditka gesehen worden.

Bella lief zu Juditkas Haus, verlor ihr Kopftuch, sie kümmerte sich nicht darum, sie lief weiter, immer schneller. Sie hörte Geräusche aus dem Haus, Schritte, Flüstern, eine Männerstimme. »Und der ihr Mann arbeitet!« dachte sie. Sie schlich sich zum Fenster, lauschte ein Weilchen, sehen konnte sie nichts, denn die Vorhänge waren zugezogen.

»Das ist der Pista! Das muß der Pista sein! Diese Lungenkranke hat's ihm angetan?« flüsterte sie leise. »Was machen die denn? Wie die Frau stöhnt!«

Sie konnte sich nicht mehr länger beherrschen und drückte das Fenster ein. Sie war schon über fünfzig, doch flink wie eine Katze sprang sie durch das Fenster. Als sie auf dem Boden landete, war Lusi gerade auf der anderen

Seite des Hauses durchs Fenster geschlüpft und lief davon, so schnell er nur konnte.

»Du stinkende, räudige Hündin, du willst den Schwanz von meinem Mann!?« plärrte Bella, während sie den Lichtschalter suchte.

Juditka begann zu schreien.

»Bella, was suchen Sie hier?« fragte sie, als es plötzlich hell war.

»Na den!« und sie deutete auf den Mann der zwischen den gespreizten Schenkeln der Frau lag. Der Mann drehte sich um und zog verschämt die Decke über sich.

Bella machte große Augen. Es war der Mann von Juditka, nicht Pista.

»Und Sie, wie kommen Sie denn nach Haus?«, fragte sie beleidigt. »Was ist das für eine Arbeit, von der man einfach so nach Hause kommen kann …«, murmelte sie und kletterte mit langsamen, würdevollen Bewegungen aus dem Fenster.

*

»Da ist die Dose«, Pista klopfte zur gleichen Zeit am Fenster des alten Onkel Feri. »Laß mich hinein!«

»Alles glatt gegangen?«, fragte der Alte erschrocken, während er die Türe öffnete. Mit zitternden Händen nahm er die kleine blaue Dose an sich.

»Na endlich!« Er nahm einen Schlüssel aus der Tasche und sperrte die Dose auf. »Ist auch keiner zu Hause gewesen?«

»Nur die Juditka. Die hab ich abgestochen.«

»Was hast du gemacht? Du Wahnsinniger! Und mich reißt du mit hinein. Und dann bin's wieder ich gewesen!«

»Beruhig dich endlich!« wieherte Pista. »Sie ist wohlauf. Wir haben nett geplaudert. Und jetzt sag endlich, was in der Dose ist!?«

»Das geht dich nichts an! Nichts, was du brauchen könntest.«

»Zeig schon her, warum hab ich sie dir unbedingt holen müssen?!« und riß dem Alten die Dose aus der Hand. »Was ist das? Das stinkt ja bestialisch, du!«

»Gib schon her, sonst … kann ich für nichts garantieren!«

»Was ist das, Alter! Sag nicht, daß …? Das ist ein Schwanz. Von wem der Schwanz? Du hast wem den Zipfel abgeschnitten? Oder, wart einmal! Das ist … ich versteh. Deine Tochter, der was sie vergewaltigt hat. Das blonde Arschloch.«

»Genau.«

»Hast du gut gemacht, Onkel Feri. Der hat's verdient. Du bist nicht umsonst gesessen!« und Pista klopfte dem Alten auf die Schulter. »Er hat's verdient.«

Pista verlangte den zweiten Fünfziger, der ihm bei erfolgreicher Ausführung des Auftrags versprochen worden war, dann ging er, dreht sich aber in der Tür noch einmal um:

»Das ist alles? Hast du ihn bei der Wurzel abgeschnitten?«

»Ganz bei der Wurzel.«

»Dann is' er aber recht kurz gewesen.«

*

Lujza klagte Bella ihr Leid: Sie hatte sich in den Samlussz-Buben verliebt, in den Benedek, aber der schaute sie nicht an.

»Du bist schließlich meine Taufpatin«, sagte sie, »hilf mir!«

»Was kann ich schon machen, Mädl! Frag den Pista, der versteht was von der Liebe, ich nicht«, sagte die Frau.

»Pista, was soll ich tun?« Das Mädchen wandte sich zu ihrem Taufpaten um.

»Red' mit ihm, zieh dich schön an! Mach, was du willst, aber raunz' nicht! Fang ihn dir, irgendwie!«

Lujza befolgte den Rat. Sie zog ein rotes Kleid an, schlüpfte in schwarze Strümpfe (die hatten Laufmaschen, aber der lange Rock verdeckte die Löcher) und ging zum Haus der Samlussz', um mit dem dösigen Kind zu sprechen, eintreten traute sie sich aber nicht mehr. Sie setze sich an den Straßengraben, summte eine Melodie, wartete, bis man sie wahrnehmen würde. Sie hatte Glück, bald erschien Benedek, er war ins Geschäft geschickt worden. Er sah aus, als hätte er schon tagelang nicht mehr geschlafen. Der siebzehn-, achtzehnjährige Bursche trottete mit gesenktem Blick dahin, schaute nicht nach links, schaute nicht nach rechts, gleichgültig trug er die Einkaufstasche in seiner Hand. Als Lujza neben ihn trat und ihn an der Schulter berührte, hob er seine schläfrigen Augen. »Küß die Hand«, sagte er und wollte schon weitergehen, das Mädchen hielt ihn jedoch zurück.

»Ich begleite dich, in Ordnung?«

Benedek nickte. Sie waren schon einige Zeit nebeneinander dahingestapft, aber es kam kein Gespräch zustande. Das Mädchen stellte ab und zu eine Frage, der Junge antwortete rasch und unverfänglich.

»Benedek, warst du schon einmal verliebt?«, fragte Lujza schließlich mit einem Lodern in den Augen.

»Nein.«

»Und hast du schon geküßt?«

»Nein. Einmal«, meinte Benedek gedankenversunken, »einmal hat mir ein Hund den Mund abgeschleckt. Das Küssen ist wahrscheinlich nicht besonders gut.«

Lujza nahm die Hand des Jungen und legte sie auf ihre Brust. Dort ruhte sie ein wenig, dann riß der Bub sie erschrocken weg und rannte in Richtung Greißlerei davon. Als er zurückkam, stand das Mädchen wieder vor dem Gartentor, summte und blickte dem Jungen kokett in die Augen.

Vergeblich war jede Anstrengung Lujzas, von diesem Tag an ging ihr Benedek aus dem Weg. Und das Mädchen wurde immer störrischer, sie hatte beschlossen, sich den Burschen auf jeden Fall einzufangen. Der Trotz erwachte in ihr, weil ihr die eigene Schönheit nutzlos erschien. Sie riß an ihrem langen, schwarzen Haar, wenn sie sich morgens kämmte, es sollte weh tun, und bespuckte dabei ihr eigenes Spiegelbild.

Sie ging zu Benedeks Eltern und erzählte ihnen von ihrem Liebesschmerz. Sie hörten ihr zu und bedauerten sie. Dann erzählten sie von Benedek, was für ein stilles Kind er sei, er gehe nie irgendwo hin, hatte nie Freunde gehabt. Früher hatte er gelesen, seine Nase immer nur in Bücher gesteckt, dann bekam er einen Computer, vor dem sitzt er seitdem Tag und Nacht. Liebe? Es wär schön, wenn ihn irgendwas endlich aus seinem Zimmer treiben könnte.

Weinend ging Lujza nach Hause und verfluchte den unerreichbaren Jungen, immer und immer wieder …

*

Eines Abends hämmerte Róza zu Tode erschrocken an Bellas Tür. Keuchend erzählte sie, was ihr passiert war. Sie war alleine zu Hause gewesen, ihren Mann hatte man vor ein paar Tagen ins Krankenhaus gebracht; sie wollte sich gerade hinlegen, als sie Geräusche aus der Speisekammer hörte. Sie dachte, vielleicht hätte sich die Katze irgendwie hineingeschlichen, sie hatte Angst um die Krautwickel, die sie am Nachmittag gemacht hatte. Sie machte also vorsichtig die Türe auf, aber keine Katze trieb sich dort herum, sondern ein großer zotteliger Mann stand in der kleinen Kammer und hatte schon fast alles durch das Fenster geschafft, und der Topf mit den Krautwickeln war das letzte, das er gerade durchs Fenster geben wollte.

»Die Landstreicher sind wieder da«, sagte sie, der Schrecken stand ihr im Gesicht. »Ich trau mich nicht zu Hause schlafen, solange ich alleine bin. Die können mich ja umbringen. Die teuren Krautwickel haben sie alle mitgenommen …«

»Die tun keinem weh«, sagte Pista, »aber schlaf heute bei uns. Wenn du willst, dann schlaf ich bei dir im Haus, damit sie nicht auch noch was anderes mitgehen lassen. Die sind ganz anständige Leute, aber ab und zu müssen sie halt auch mal was essen.«

Von den Landstreichern erzählte man sich im Dorf nur Schauergeschichten. Sie würden mitnehmen, was nicht niet- und nagelfest war, man müßte sie fürchten, erzählte man, weil sie böse, hinterhältige, ungewaschene Riesen waren. Sie lebten in den umliegenden Wäldern, waren aus einem anderen Land hierher geflüchtet, sie konnten auch kein Ungarisch. Sie wurden von der Polizei gesucht, doch nie gefunden, sie versteckten sich in den Bergen, tief in den Wäldern. Pista hatte sie schon getroffen, als er nach Pilzen suchte, er konnte nicht mit ihnen reden, aber er erzählte, sie hätten ihn freundlich aufgenommen. Man sah es den Fremden an, daß sie arm waren, vollkommen ohne Habe, sie versteckten sich vor wer weiß welcher Staatsmacht oder welcher Strafe.

Róza erzählte, wo immer sie konnte, ihre furchtbare Geschichte, wie sie von den Landstreichern bestohlen worden war. Auch der Gendarm erfuhr davon, er telefonierte und forderte Verstärkung an, er wollte die umliegenden Wälder durchkämmen, vielleicht würden sie die Gauner erwischen. Am nächsten Tag waren zehn Polizisten gekommen, aber sie waren überzeugt, zu wenige zu sein, deshalb warben sie Männer an, die ihnen bei der Suche helfen sollten. Bald hatten sie herausgefunden, daß bisher nur Pista die Landstreicher getroffen hatte, er sollte mitkommen und ihnen zeigen, in welcher Richtung sie zu suchen hätten. Er wollte aber nicht, ließ sich hundert Mal bitten, konnte sich aber schließlich den Polizisten nicht mehr widersetzen. Doch Pista stand es frei zu entscheiden: Entweder er führte die Polizisten wirklich zu den Landstreichern, zu der weitverzweigten Höhle, wo sie sich versteckten, oder in die andere Richtung, wo die Quelle war, die bisher nur er kannte.

»Na, wenn ich schon das Wasser verlieren muß, dann sollen wir doch dabei ein wenig Gaudi haben«, murmelte er leise, während er die kleine Gruppe in den Wald führte.

Er empfahl den Polizisten, zwei Gruppen zu bilden. Die eine würde er anführen, in ihr wären die Männer aus dem Dorf, die andere sollte die Polizistengruppe sein. Sie könnten dann die Landstreicher einkreisen. Aber die Polizisten dürften etwas geahnt haben, weil ihnen die Idee überhaupt nicht gefiel, sie bestanden auf zwei Gruppen, in denen sowohl Polizisten als auch Dörfler sein sollten.

»Ist auch recht«, stimmte Pista zu, »beeilen wir uns aber, damit es nicht vorher finster wird.«

Doch die Männer aus dem Dorf ahnten, was gespielt wurde, als Pista die erste Gruppe in Richtung Blutegeltümpel schickte. Die Dörfler wußten, in jener Richtung war Sumpf und es war unmöglich, das Moor zu durchqueren, nicht so sehr, weil man versinken würde, sondern weil die Gelsen und die Blutegel einen bald zum Rückzug zwangen. Die Leute aus dem Dorf gingen niemals in jene Richtung. Aber Pista meinte, die erste Gruppe solle durch die Sümpfe gehen, weil jenseits des Sumpfes eine große Höhle wäre, wo sich die Landstreicher versteckten, die zweite Gruppe würde er führen, sie würde sich von hinten an das Versteck heranschleichen.

Sie machten sich auf die Suche. Die erste Gruppe stapfte durch das Schilf, zuerst kam sie noch leicht voran, dann wurden die Gelsen immer mehr, alle schlugen hysterisch um sich, und an ihren Beinen saugten sich Blutegel fest. Die Dörfler schauten einander verschmitzt an, blieben plötzlich stehen, bis hierher und nicht weiter, meinten sie, weil sie den weiteren Weg nicht kennen würden, das war auch wirklich so. Und sie sahen von dort aus auch die Quelle, die Pista ein paar Tage zuvor gefunden hatte, und dorthin gingen sie lieber. Das Blubbern und Spritzen war bis ins Schilf zu hören.

»Es ist nicht mehr weit«, die Polizisten wollten weitergehen, weil der Eingang der Höhle schon zu sehen war, am Ende des Schilfes, der Eingang leuchtete hell zwischen dem dunklen Laub der Bäume. Sie gingen ohne die Dörfler noch ein Stück weiter, als sie jedoch bis zu den Knien versanken, kehrten auch sie um, obwohl die Höhle nur mehr zweihundert Meter entfernt lag. Sie standen mitten im Schilf und schimpften und fluchten, verschwitzt und erschöpft. Sie warteten noch eine Weile, sie wollten sehen, wo die zweite Gruppe war, ob sie vielleicht Erfolg hätte. Dann kam die Gruppe an der Höhle an und plötzlich liefen alle davon, so schnell sie konnten. Die Leute riefen einander zu:

»Rennt, rennt davon! Schnell!«

Als wäre aus der Höhle Bärengebrumm zu hören gewesen.

Die Polizisten, im Schlamm versunken, schauten einander mit großen Augen an.

»Haben Sie nicht gewußt, daß es hier Bären gibt?«, fragten die erschöpften Polizisten Pista, als sie endlich wieder das Dorf erreicht hatten.

»Woher hätt' ich das wissen sollen. Ich hab noch nie einen gesehen. Aber morgen werden wir's dann ganz genau wissen, Sie versuchen's morgen wieder.«

»Man muß es nicht übertreiben«, meinten die Polizisten zögerlich. »Wir müssen warten. Der Hunger treibt die Gammler schon wieder aus dem Wald.«

»Wenn Sie dann etwas Verdächtiges sehen, dann sagen S' halt was, telefonieren Sie«, befahlen sie den Männern aus dem Dorf, dann stiegen sie in ihre weißen Ladas und fuhren davon.

*

Das Fenster von Benedeks Zimmer erlaubte den Blick auf die fraulichen, weichen, wunderbaren Hügel, die das Dorf umarmten. Auf den Hängen grasten die Kühe, stand hie und da ein Strauch, ein niedriger Baum. Lujza hatte schon vor langem bemerkt, daß ihr der Sohn vom Horváth, der Zoli, nachspionierte. Sie begann ein Gespräch mit ihm, erlaubte es dem Jungen, ihr den Hof zu machen, dann lockte sie ihn hinauf in die Hügel, damit Benedek sie sähe, aus seinem Fenster. Sie saßen stundenlang im Gras, streichelten einander, küßten sich, wie ein Liebespaar. Lujza stand auf, Zoli hockte sich vor sie hin, umarmte ihre Beine, ihre Hüften, sie öffnete ihr Haar, ließ den Wind gewähren, der ergriff ihr Haar, zerzauste es, und sie blickte mit ihren dunklen Augen zum Fenster ihrer Liebe hinunter: »Siehst du nicht, wie schön ich bin, du Blindschleiche!« Und Benedek war wirklich eine Blindschleiche. Er sah zwar, als er aus dem Fenster blickte, einen dunklen Fleck am Hügel, aber ob dort eine Kuh stand oder ein kleiner Baum, konnte er nicht mehr feststellen. Er starrte weiter seinen Bildschirm an. Lujza lockte Zoli noch sehr oft hinauf auf den Hügel und er ging mit ihr, glücklich und mit erhitztem Gesicht, doch Benedek bemerkte sie kein einziges Mal.

*

Ein Polizeiauto hielt vor Bellas Haus, drei Beamte stiegen aus, sie kamen um Pista zu holen. Bella jammerte, weinte, sie wollte ihren Mann nicht aus der Umarmung entlassen.

»Laßt ihn bei mir, nehmt ihn mir nicht weg! Was soll aus mir werden auf meine alten Tage?!«

»Wir nehmen ihn nur als Zeugen mit, wegen den Landstreichern«, beruhigte sie der Polizist, doch die Frau hörte nicht, was er sagte.

»Er war es nicht! Nicht er hat diesen Bauernjungen verdroschen, ich gestehe alles, wenn es sein muß!« schrie sie und vergeblich zischte Pista, sie solle endlich das Maul halten, doch sie hörte nicht auf damit. Sie wiederholte diese Sätze so lange, bis die Polizisten schließlich aufmerksam wurden.

»Na, dann laß mal hören, was da war!« Sie ergriffen Pista und nahmen ihn mit. Er war ganz plötzlich vom Zeugen zum Verdächtigen geworden.

Und von der Schlägerei wurde alles bekannt. Der Bauernbursch lag immer noch im Krankenhaus, mehrere seiner Rippen waren gebrochen, seine Nase, ein Bein, selbst als man ihn nach Hause schickte, sah er in seinem Verband noch aus wie eine Mumie. Pista dachte zuerst, es wäre am besten zu leugnen, es würde ohnehin keiner gegen ihn aussagen, nicht einmal der Bauernjunge würde sich trauen, dann erzählte er aber doch alles. Er glaubte, in diesem Fall habe er recht gehabt, er hatte nur Lujza verteidigt, dafür kann ihn kein Gericht verurteilen. Mit Fassung ertrug er die Untersuchungshaft, er las tagelang, schrieb Briefe an Bella und an Lujza.

Indes saß Horváth zu Hause im Dorf, holte Wasser aus der Quelle und schickte es an irgendeine Gesellschaft zur Untersuchung, wie es denn sei, ob man es überhaupt trinken könne. Sehr bald erhielt er auch Antwort, das Quellwasser ist rein und trinkbar, so gut, daß die Gesellschaft gerne in der Nähe der Quelle eine Flaschenabfüllanlage aufstellen würde. Das hatte Horváth ja gewollt, er antwortete der Gesellschaft, daß er bei der Errichtung der Abfüllanlage gerne behilflich wäre, so gut er könnte. Er beschrieb, wo genau das Dorf lag und wo sich die Quelle befand. Mit großer Spannung erwartete er die Leute von der Gesellschaft.

*

Wochen waren vergangen, indessen hatte das Gerücht die Runde gemacht, daß bald eine große Hochzeit gefeiert würde. Heirat, Fest, Essen und Trinken, Mulatschak hatte es damals schon lange keinen mehr gegeben. Alle die geheiratet hatten, hatten nicht viel Aufhebens darum gemacht. Wurde ein Mädchen schwanger, zog sie mit dem Jungen zusammen, meistens blieben sie im Dorf, nur wenn die Eltern wegen irgendwas böse auf sie waren, suchten sie sich anderswo eine Bleibe. Lange hatte es keine Hochzeit mehr gegeben, zu der das ganze Dorf eingeladen war, auf der getanzt und gesungen wurde, solange es zu essen, solange es zu trinken gab. Es war außer Brauch gekommen, den Hochzeitsgästen, wenn sie aus der Kirche kamen, den Weg mit einem Seil zu versperren und sie nicht weiterzulassen, ehe sie mit irgendeinem Geschenk Maut bezahlt hatten, mit einer Torte, mit Geld, mit irgendwas. Langsam gab's auch keine kirchlichen Hochzeiten mehr, man schämte sich im Dorf irgendwie für die kirchliche Zeremonie, damals heiratete man nicht wirklich mit Freuden. Deswegen war es eigenartig, daß es nach so langer Zeit wieder eine richtige Hochzeit geben sollte. Schon Wochen zuvor konnte man die Spannung, die Geschäftigkeit spüren, man tuschelte im Presso, im Wirtshaus, im Geschäft, es wurde viel geredet, doch wußte keiner, wer denn nun Hochzeit halten, die Hochzeit ausrichten würde, wer denn nun die Braut und wer der Bräutigam war. Zur rechten Zeit war dann alles klar. Der Vater des Bräutigams ging eines Nachmittags von Haus zu Haus, lud alle persönlich ein. Und alle wunderten sich: Der Zoli heiratete Lujza. Der Horváth verkündete es allen voller Stolz, sein Sohn hatte das Mädchen angebumst, endlich gäb's jetzt einen Enkel, aber zuerst müßte geheiratet werden, sonst würde dieses Mädel nicht mit sich reden lassen und vielleicht das Kind auch noch abtreiben. Lujza hatte wirklich Bedingungen gestellt: Sie würde nur dann mit Zoli zusammenziehen, wenn es eine riesige Hochzeit gäbe, eine Hochzeit, auf die auch noch die Leute aus dem Nachbardorf eingeladen wären. Eine riesige Hochzeit, dachte sie im stillen, so riesig, daß selbst Benedek sie wahrnehmen müßte, denn das Herz sollte ihm bluten, nur bluten. Sie ließ sich ein wunderschönes hellblaues Kleid kaufen, wie man es nur im Märchen findet, mit einem langen, weiten Rock und weißen Stöckelschuhen. Als das Brautpaar die Straße entlangging, bewunderten es alle. Lujza hatte schon einen kleinen Bauch bekommen, doch war sie wirklich hübsch; anmutig schritt sie dahin, mit stolz erhobenem Kopf, als hätte sie sich diese Heirat wirklich sehnsüchtig gewünscht. Als sie zum Haus der Samlussz' kam, blieb sie für kurze Zeit stehen, es war kaum wahrzunehmen, nur der Rhythmus ihrer Schritte brach für einen Moment ab und schon ging sie weiter. Die Samlussz' waren gerade nicht zu Hause, vielleicht wußten sie nicht einmal von der Hochzeit, sie waren schon eine Woche auf Urlaub gewesen und kamen erst in ein paar Wochen zurück.

Auf der Hochzeit stand der Brautvater plötzlich auf, winkte allen, ruhig zu sein, und zog ein Papier aus der Innentasche seines Sakkos: »Venedig ruft! Ich hab schon die Hochzeitsreise bezahlt!« Die vielen Menschen brummten auf vor Neid, die Kinder kreischten, obwohl sie nicht wußten, wo Venedig lag oder was das überhaupt bedeutete: Hochzeitsreise. Nur Lujza blieb gleichmütig, sie sagte, es wäre auch zu Hause schön, und sie fuhr dann schließlich auch nicht auf die Hochzeitsreise. Das Papier wurde von Zoli später zerrissen, genau an dem Tag, an dem sie nach Venedig abreisen hätten sollen.

*

Pista wurde zu vier Monaten verurteilt. Monate später schrieb er Bella, daß er sich darüber freute, weil ihm diese Schlägerei schon so viel wert gewesen war. Das Leben sei im Gefängnis gar nicht so unerträglich, er spielte oft Karten und allerlei mit den anderen. Die Frau hörte mit Tränen in den Augen Róza zu, als sie ihr den Brief vorlas. Bella diktierte ihr sogleich die Antwort:

»Mein lieber Pista! Unz gehts ganz gut hoff das es dir auch gutgeht und du dich fräust über den brief. Ich will dir mitteilen, das ich mich sehr einsam füle, am Abend kann ich mit niemand reden nur die Róza komt ab und zu herüber. Uns gehts aber sonst gut. Seit du nicht daheim bist, bauen sie hier bei uns. Der Horváth ist der Vorarbeiter, er sagt, wohin die Straße gehn soll, weil die soll zur Quelle führen. So große Autos sind das, das wir uns nur fürchten die ganze Zeit, weil die kleinen Kinder vor sie springen können und die Schoföre sitzn so hoch droben, das sie die Kinder nicht sehen, wann sie auf der Straße spielen tun. Dömpa sagen sie zu den Lastwagn. Sie walken die Straßen aus, wie wenn sie ein Nudelteig sein würden. Der eine Oberschef hat gesagt, das sie damit dem Dorf das Glück bringen, weil das ist wie ein Sechser im Lotto, das sie uns die Straßen da machen. Das öffentliche Leben wird einen Aufschwung machen, sagt er. Ich glaub es ihm. Weil es gibt auch schon jezt ein paar die was arweiten können. Und die verdienen auch ein Geld. Aber gestern zum Beispiel hat irgendwer von die Fremden Geld gestolen oder irgendein Gewand und deswegn sind die jetzt bös. Ich unterhalt mich immer sehr gut mit ihnen, auch wenn sie mich sonst ausspotten. Ich drück dich jetzt ganz fest und wenn du heimkomst, dann wasch ich dir dein liebes Zipferl. Halt die paar Wochen noch durch und werd nicht zum Buseranten, weil man sagt, das kann man leicht werden, wenn man sitzt. Ich würde dir ein paar Bilder von nackerte Weiber schicken, aber die Róza sagt, die gebn sie dir eh nicht. Die Lujza schickt dir auch ein Busserl und sagt noch einmal danke für was du für sie getan hast, das wird sie nie vergessen. Schreib mir wieder einen Brief. Bella.«

*

Mit dem Tod des Straßenarbeiters nahm alles seinen Anfang. Es war Zahltag, den ganzen Tag war es ruhig gewesen, erst gegen Abend brach das Chaos aus, als die betrunkenen Arbeiter nach Hause aufbrachen. Es war vier oder fünf am Nachmittag, als die Wegmacher die Arbeit ruhen ließen, nach Hause gingen, sich brausten und sich dann im Garten des Pressos trafen, wie sie es besprochen hatten. Sie betranken sich. Sie machten es in aller Stille, zahlten saftige Trinkgelder, jeden Tag konnte man sehen, daß sie wahrlich schufteten, so viel durften sie sich schon erlauben. Als sie nach Hause gingen, war es aus mit dem Frieden, als sie auf der Straße mit den Dörflern zusammentrafen, die aus dem Wirtshaus ins Presso wechselten, um ihr Trinkgelage fortzusetzen. Außerdem hatte man ans Presso einen neuen Flipper geliefert, den wollten sie ausprobieren. Der Straßenarbeiter, der später starb, war irgendwie gestolpert, an einem Stein oder nur über seine eigenen Beine, und fiel einem Zigeuner in die Arme. Der hob ihn vorsichtig auf, klopfte ihm auch noch auf die Schulter: »Paß auf, du! Wer walkt uns sonst die Straße aus?« Der Friede war in diesem Augenblick ein heiliger, erst zwei, drei Minuten später, als der Arbeiter bemerkte, daß seine Brieftasche verschwunden war, fing er zu schreien an, sicher der dreckige Zigeuner hätte sie ihm genommen. Seine Kollegen beruhigten ihn, vielleicht war sie im Presso geblieben, dort sagte man aber, es hätte sich keine Brieftasche gefunden. Dann gingen sie die Straße ab, schauten ganz genau. Nichts. Also suchten sie den Mann, der den Arbeiter aufgefangen hatte, und fragten ihn, ob er nicht zufällig die Brieftasche gesehen hätte. Er sagte nein. Die Arbeiter ließen ihn nicht in Ruhe, schließlich stand der Zigeuner auf, er habe keine Lust zu streiten, meinte er. Wie er seine Zeche bezahlte, schrie der Arbeiter ohne Brieftasche auf: »Schaut nur, er zahlt mit zwei Hundertern, in meiner Brieftasche waren zwei Hunderter und Tausender.« Daraufhin schmiß der Zigeuner dem Arbeiter das Geld ins Gesicht und versetzte ihm einen Tritt. Der Wegmacher fiel zu Boden, der Zigeuner trat noch fünf- oder sechsmal zu und verließ das Presso.

Seine Kollege schauten verwundert, wie er sich auf dem Boden wand, ihm waren sicher die Rippen gebrochen, so furchtbar wimmerte er. Sie stützen ihn auf dem Nachhauseweg, doch der Wegmacher meinte, es ginge ihm schon besser, er würde dem Zigeuner morgen schon zeigen, wo Gott wohnt, und außerdem müsse er brunzen. Er ging zum Bach hinunter und seine Kollegen warteten, warteten, warteten, er kam nicht zurück. Sie fanden ihn im Bach. Er war hineingefallen und ertrunken.

Die Arbeiter gaben dem Zigeuner dafür die Schuld. Sie waren plötzlich böse auf das ganze Dorf, und spuckten jedes Mal aus, wenn ein Zigeuner an ihnen vorbeiging. Die Arbeiter hatten Glück, denn die Zigeuner merkten das lange nicht.

*

Als Pista entlassen wurde und endlich zu Hause aus dem Bus stieg, erwartete ihn eine große Gruppe wütender Zigeuner. Die Frauen mit ihren Kindern, die Jungen, die Alten, alle standen sie draußen auf der Straße, schrien und fuchtelten herum. Pista trat in seinem sauberen, grünen Anzug vor sie hin:

»Was is' los?«

»Das Mädl von der Mariska is' von die Arbeiter vergewaltigt worden. Voller Blut ist sie unten gelegen, am Bach. Wegen der besoffenen Sau, die im Bach ersoffen is', sind sie immer noch bös. Sicher haben sie deswegen das mit dem Mädl gemacht. Sie ist im Krankenhaus, aber ihr geht's sehr schlecht. Und dann ist der Krieg ausgebrochen. Der Vater ist mit der Mistgabel auf die Straßenwalze losgegangen, damit er sie alle aufspießt, und die sind mit Eisenstangen gekommen …«

»Hauen wir ihnen die Maschinen auseinander!« schrie ein Junge.

»Willst du ins Häfen kommen, du Trottel?«, sagte Pista.

»Was sollen wir dann tun?«

»Denken wir nach.«

»Was sollen wir nachdenken?«, schrie einer mit Schurrbart. »Wir müssen sie verdreschen. Wenn sie deine Tochter gefickt hätten, würdest du nicht so gescheit herumreden, dann würdest auch du gehen und zuschlagen. Und gerade du sagst, daß wir uns zurückhalten sollen. Warum bist du gesessen? Sag schon?«

»Gerade deswegen! Willst du auch dorthin?«

»Ja. Und ich laß mich nicht einen Zigeuner schimpfen! Die so denken wie ich, die sollen jetzt mit mir kommen. Ich zertret ihnen die Eier, die können ihren Schwanz dann nicht mehr benützen.«

Róza kam aus dem Haus und hatte ihre Bibel mit dem Schlüssel bei sich.

»Probieren wir's damit. Jesus sagt uns, was wir tun sollen.«

»Was sagt er uns? Schleich dich, altes Weib«, riefen mehrere auf einmal.

»Ich geh nirgendwo hin! Ihr werdet schon sehen. Er wird uns sagen, ob wir angreifen sollen oder nicht.«

Sie legte den Schlüssel auf ihren Zeigefingern auf und schloß die Augen. Die Leute bildeten einen Kreis um sie und warteten gespannt, was die Bibel ihnen sagen würde. Nach einer Weile drehte sich die Bibel nach links.

»Jesus meint, wir müssen angreifen!« sagte sie unsicher.

»Verkehrt! Mir hast du gesagt, wenn sie sich nach links dreht, heißt das nein!« brach es aus Bella hervor.

»Was hab ich gesagt? Ich hab gesagt, wenn sie nach rechts geht.«

»Sie lügt!« kreischte Bella und spuckte Róza ins Gesicht. »Die Bibel hat gesagt, es darf keine Schlägerei geben!«

Aber es war schon zu spät. Zehn Leute waren aufgebrochen. Pista sagte, zwei Leute sollten mit ihm kommen, sie würden zum alten Feri gehen, der könnte ihnen helfen, die Sache zu lösen.

Die anderen gingen von Haus zu Haus, wo die Arbeiter untergebracht waren und schrien: »Komm heraus du Sau, zeig uns deinen steifen Schwanz, wenn er dir jetzt auch noch steht!« Sie warfen Fenster ein, versuchten bei einem Haus schon die Türen aufzuzwängen, um die Schweine herauszuholen, als eine Sirene immer näher kam, ein Auto stehenblieb und viele Polizisten ausstiegen. Sie stürzten sich mit Schlagstöcken auf die Zigeuner.

Als Pista zurückkam, weil sie die Sache erledigt hatten, lag ein Polizist verletzt am Straßenrand, drei andere schlugen Lusi mit voller Kraft. »Der stinkende Zigeuner hat ihn niedergestochen!« brüllten die Polizisten. Pista lief zu den Polizisten, zog ein Springmesser aus seiner Tasche, aber zustechen konnte er nicht mehr. Jemand hatte auf ihn geschossen. Die Kugel bohrte sich in seine

Schulter, er schrie auf vor Schmerz, heulte wie ein Wolf, das Messer fiel aus seiner Hand, mit der anderen schnappte er einen Polizisten am Hals und drückte zu, drückte fester, bis er unter den Schlägen auf seinen Kopf zusammenbrach.

Sie legten ihn in Handschellen und er wurde zurück auf die Polizeiwache gebracht.

*

Bella und der alte Feri besuchten Pista im Gefängnis. Sie brachten mit, was er verlangt hatte: Fleisch, Zigaretten, Kaffee. Feri erzählte voller Freude, daß er, wie besprochen, die Quelle gesprengt hatte. Seitdem suchten sie vergeblich nach dem Wasser.

»Das verrinnt jetzt irgendwo. Auch die Arbeiten haben schon aufgehört«, sagte der Alte, »sie wollen mich verklagen, weil ich es absichtlich gemacht habe, meinen sie. Sollen sie mich ruhig verklagen, beweisen können sie mir eh nichts.«

»Wir brauchen die Quelle nicht«, sagte auch Bella, während sie unter dem Tisch Pistas Schenkel streichelte. »Und was mit dem Lusi ist, interessiert dich nicht? Er is' schon wieder in Ordnung. Das eine Auge haben sie ihm ausgeschlagen, die Polizisten, jetzt sieht er nicht mehr gut, aber er geht schon wieder in den Wald. Es wird erzählt, daß er mit der Lujza ein Pantscherl hat, aber ich frag ihn immer umsonst, er sagt ja nix. Und die Lujza ist schon wieder schwanger, ich hoff nur, nicht von ihm. Der Zoli ist ja so ein guter Latsch, der verzeiht der Lujza alles, weil er sie so liebt. Und die Landstreicher! Jetzt gehen sie wohl alle zur Juditka, es werden immer mehr. Wenn du herauskommst, mußt du da was machen. Wenn ich dann noch lebe!« seufzte Bella und umarmte ihren Mann.

Pista schaute sie lächelnd an. Dann begann er langsam, als würde er jemand in den Schlaf wiegen wollen, zu singen, sang immer lauter, bis die Wächter, die am anderen Ende des Raumes standen, ihn zur Stille ermahnten.

Der Fund

Schneller, schneller, gleich ist er oben, auf dem Hügel, und dann rollt er bergab. Doch er tritt in die Pedale, strampelt auch bergab, nur mehr zwei Hügel und dann die lange Gerade, er fliegt dahin!

Pista jagte auf seinem schwarzen Fahrrad dahin, er mußte stehen, weil nur ein Rohr aus dem Rahmen stand, wo sonst ein Sattel ist. Darauf konnte er sich nicht setzen.

Unermüdlich trat er, er war voller Freude. Sein Hemd zerriß, als er aus dem Wald stürmte, er wich den Zweigen, Ästen nicht aus, er hatte den kürzesten Weg gewählt, so schnell wie möglich wollte er sein Fahrrad erreichen, das er am Waldrand zurückgelassen hatte.

Seine knöchrige Brust war unbedeckt, als er vom Hügel hinuntersauste. Sein schwarzes Haar flatterte im Wind. Er hatte es schon lange nicht mehr geschnitten, es reichte ihm bis an die Schultern, hing ihm immer ins Gesicht.

Und schon war er am Fuße des nächsten Hügels, ein Auto kam ihm entgegen, er bemerkte es erst im letzten

Moment, es raste in der Straßenmitte daher, er konnte ihm nur mit Mühe ausweichen.

Als ob es vor dem nahenden Gewitter flüchtete. Am Nachmittag, als er sich aufgemacht hatte, um Pilze und Himbeeren zu sammeln, waren die Wolken schon dunkel über den Wäldern gehangen; der Hunger und die Langeweile hatten ihn hinausgetrieben. Es schien verrückt – geübte Pilzsammler gehen immer nur am frühen Morgen, denn nachmittags ist nichts mehr zu finden.

Die Wolken hatten wohl all ihre Kräfte vereint, denn sie rückten langsam in Richtung Dorf vor. Gemächlich, würdevoll, wie eine Armee. Pisti blickte sich immer wieder um, als wollte er vor ihnen flüchten. Er fuhr mit ihnen um die Wette, aber nur aus Spaß, er beobachtete, wie sie ihm, regenschwanger, immer näher kamen. Er spürte schon ihren kühlen Hauch, und der Hügel, den er gerade erst hinabgerast war, war schon hinter einem nebeligen Regenvorhang verschwunden. Pista war müde, doch er nahm all seine Kraft zusammen, trat in die Pedale, lag fast auf der Lenkstange und plagte sich; am liebsten hätte er geschrien vor Schmerz und Aufregung.

Der Regen holte ihn ein. Eiskalte Regentropfen schlugen ihm auf den Rücken. Er wandte sein Gesicht zum Himmel, mit weit geöffnetem Mund schluckte er die riesigen Tropfen. Er war voller Glück. Und er trat nicht mehr, ließ das Fahrrad einfach rollen.

Bis ins Dorf war es nicht mehr weit. In seiner rechten Hand hielt er das gefaltete Papierstück, dort war es in Sicherheit, es durfte nicht naß werden. Fünftausend Forint. Unglaublich, daß er so was im Wald gefunden hatte. Sicher hatte es irgendein ungeschickter oder betrunkener Bauer verloren, es war auf der Kappe eines Steinpilzes gelegen, der es noch nicht ganz durchs Laub geschafft hatte. Dem Buben war ganz schwindelig geworden, als er den Geldschein erblickte. Er hatte Angst ihn aufzuheben. Zuerst lauschte er. Sicher wollte sich jemand mit ihm einen Scherz erlauben und hatte sich auf einem Baum oder in den Sträuchern versteckt. Es war still. Er hob ihn auf, schaute sich um, ob nicht vielleicht noch mehr herumlägen. Er musterte nur eine kleine Fläche, er war zu aufgeregt, eilte zu seinem Fahrrad, um seiner Mutter so rasch wie möglich seinen Fund zu zeigen. Der Krämer wird noch offen haben, wenn er sich beeilt. Endlich ein richtiges Abendessen. Vielleicht erlaubt ihm die Mutter auch ein Bier. Ist er doch schon ein großer Junge, bald siebzehn, andere haben schon Kinder, nur er ist ständig zu Hause, bei seiner Mutter. Seitdem der Vater und seine sechs Geschwister gestorben waren, weil diese Gasflasche explodiert war, konnte er seine Mutter nicht mehr alleine lassen. Als ob sie den Verstand verloren hätte, war sie tagelang im Dorf herumgelaufen. Sie hatte ihre Kleider zerrissen, war mitten auf der Straße gekniet und hatte zum Himmel gemurmelt und geschrien, als ob sie mit jemandem streiten würde. Sie bot sich jedem Mann an, dem sie begegnete. Sie zeigte ihre Brüste oder hob ihren Rock:

»Will mich denn keiner?«

Pista nahm sie an der Hand und führte sie nach Hause, brachte sie zu Bett und tröstete sie. Vom Haus war kaum etwas geblieben. Die Wand des einen Zimmers war eingestürzt, über dem andern war noch etwas vom Dach übrig, dort waren sie eingezogen. Mutter wollte bei niemand anderem wohnen, obwohl sich viele angeboten hatten und die Gemeinde ihnen sogar ein leerstehendes Haus gegeben hätte. Oft beruhigte sie sich nur langsam und weinte dann plötzlich wieder auf, ganz leise, wie ein vierjähriges Mädchen, da küßte sie Pisti, wild, mit solcher Leidenschaft, daß man mißbilligend meinte: das sei ja schon eine Liebesbeziehung.

Die Monate vergingen und langsam beruhigte sie sich. Stumm ging sie von Haus zu Haus, half bei der Küchenarbeit, bei der Gartenarbeit, bekam ein wenig Essen und Geld. Das Haus wurde hergerichtet, ein Zimmer; für sie beide war es genug. Mit dem Sohn, der ihr geblieben war, lebte sie ein stilles, trauriges Leben. Die Dörfler lobten ihren Fleiß, doch konnten sie nicht verstehen, warum sie sich nicht um die sieben Gräber kümmerte. Nie ging sie auf den Friedhof, nie stellte sie Blumen aufs Grab, nie kniete sie betend vor den Holzkreuzen. Nicht einmal zum Begräbnis war sie gegangen.

Pisti erreichte endlich das Dorf. Der Regen war ihm zuvorgekommen, niemand war auf den Straßen, wie gern hätte er dabei mit seinem Glück geprahlt. Fünftausend Forint! Ein Vermögen! Dann fiel ihm ein, daß es doch besser war, niemandem davon zu erzählen. Vielleicht hatte es doch jemand aus dem Dorf verloren.

»Das gehört jetzt uns!« sagte er ungewollt.

Argwöhnisch blickte er sich um, als er vor dem Haus hielt. Vielleicht war ihm jemand gefolgt? Noch bevor er die Haustür öffnete, strich er den Geldschein glatt. Er wollte sich noch einmal versichern, daß er nicht geträumt hatte, nicht böse Alben ihm einen Streich gespielt hatten. Und wirklich. Ein alter, zerknitterter Fünftausendforintschein. Durch viele Hände war er gegangen, in vielen Hosentaschen war er gesteckt, viele Läden, viele Wirtshäuser hatte er gesehen.

Pisti holte tief Luft und trat ein. Er hatte sich vorgenommen, seine Mutter raten zu lassen, was er wohl in der Hand hielt. Es war dunkel im Zimmer. Das Gewitter hatte das ganze Dorf in eine frühe Nacht getaucht. Er schaltete das Licht ein. Der Geldschein fiel ihm aus der Hand, und er sank in sich zusammen bei dem Anblick, der sich ihm bot.

Seine Mutter baumelte am Lampenhaken, unter ihr ein umgestoßener Schemel. Ihre unwirklich lange, weiße Zunge hing ihr aus dem Mund.

Sie streckte der Welt die Zunge heraus.

Frauenmord bei der alten Darócer Mühle

Die geschwätzigste Alte im Dorf hatte geträumt, Sári würde dereinst von ihrem Mann umgebracht. Das hatte sie geträumt, als das Mädchen gerade mit ihren Eltern ins Dorf gezogen war, und die Alte erzählte dann auch allen von dem Mord, aber es glaubte ihr keiner.

Sári war ein zerbrechliches kleines Mädchen. Sie zog mit ihrem Vater, ihrer Mutter von Dorf zu Dorf, sie richteten sich in leerstehenden Häusern ein, solange keiner etwas sagte, solange sie des Dorfes nicht überdrüssig wurden, blieben sie. Wenn man sie darauf ansprach oder nur argwöhnisch musterte, zogen sie weiter. Traurige Menschen waren sie. Sie saßen oft im Garten des Wirtshauses oder am Dorfbrunnen, unterhielten sich, flüsternd, stundenlang, ohne Leidenschaft oder Aufregung. Sie stritten nicht, schrien nicht, nicht untereinander und nicht mit anderen. Sári war eine schwächliche, neugierige Blume. Sie streunte nicht herum, verließ ihre Eltern für keine Stunde, sie stand oder hockte ständig in ihrer Nähe, unter ihrem langen Rock lugten die dürren Beine hervor. Sie trug rote Schuhe.

Keiner im Dorf verstand, warum Dezső, fast dreißig und schon ein reicher Mann, um Sáris Hand anhielt. Die Eltern meinten, sie sollten doch noch ein halbes Jahr Geduld haben, dann ist das Mädchen sechzehn und sie hätten nichts dagegen. Auch Sári hatte nichts dagegen. Sie zog die Kleider an, die ihr Dezső für die Hochzeit gekauft hatte, und mit großen Augen, voller Neugier, wie jemand, der nur spielt oder nicht weiß, was um ihn herum geschieht, ging sie in die Kirche. Sie sträubte sich nicht, als sie nach der Hochzeit in Dezsős Haus mitgehen und dort schlafen mußte, obwohl sie nach der Zeremonie eigentlich gern mit ihren Eltern nach Hause gegangen wäre.

»Jetzt ist er dein Mann und du wirst bei ihm wohnen«, sagte ihre Mutter.

Sári wurde plötzlich still und überlegte. Sie küßte ihre Mutter, stellte sich vor ihren Vater hin, sah ihm in die Augen, er deutete, daß sie gehen solle und sie ging. Sie schlief bei ihrem Mann. Am nächsten Tag erzählte sie kein Wort, was in der Hochzeitsnacht geschehen war, es fragte sie aber auch keiner danach. Sári beschwerte sich nicht, daß die Arbeit, die rund ums Haus zu machen war, ihr sehr schwerfiel, sie zog den vollen, schweren Kübel schnaufend aus dem Brunnen, trieb die Gänse, die Hühner aus und wieder heim, kehrte den Hof, wusch, lernte von Dezsős Mutter, von den Nachbarn kochen. Abends fiel sie halbtot ins Bett und ertrug wortlos die Umarmungen ihres Ehemanns.

Sie jätete gerade im Hausgarten, als ihre Eltern vorbeikamen, mit allem Hab und Gut, und ihr sagten, sie würden weiterziehen. Sári nickte nur. Die Verabschiedung dauerte nicht lange. Der Vater trug ein großes Bündel am Rücken, er stellte es nicht ab, die Mutter umarmte sie, drückte sie an sich, dann blickten sie einander ein Weilchen an, schließlich drehten sich ihre Eltern um und gingen davon.

»Mutti!« rief sie ihnen nach, als sie schon am Gartentor waren.

»Was?«

Sie lief ihnen nach.

»Ich möchte mit euch gehen.«

»Das kannst du jetzt nicht mehr.«

Sári nickte und ihre Eltern gingen fort. Ein paar Tage später spuckte Sári Blut, nachdem sie einen schweren Stein gehoben hatte. Sie wollte auf dem Hof Platz machen für den Pferdewagen. Man schickte nach einem Arzt.

»Das Mädchen ist körperlich schwach. Absolute Schonung ist notwendig. Sonst könnte was Schlimmeres geschehen.«

Dezső nickte sorgenvoll und verbot Sári im selben Augenblick jede Arbeit. Nicht einmal waschen oder kochen mußte sie, Dezsős Mutter erledigte die Hausarbeiten statt ihr und als sie auch nicht mehr konnte, weil sie schon alt und schwach geworden war, bezahlte Dezső eine Zigeunerin, die jeden Tag kam. Sári saß den ganzen Tag unter dem Maulbeerbaum im Garten, nähte Fetzenpuppen, monatelang. Auf einmal hatte sie genug, beendete nicht einmal mehr jene Puppe, an der sie gerade gearbeitet hatte. Da begann sie ihre ausgedehnten Spaziergänge. Sári bestieg alle Hügel, wagte sich bis Lénárddaróc, auch bis Balaton, oft verirrte sie sich in den Wäldern, doch im folgenden Sommer kannte sie bereits die Umgebung wie die Linien in ihrer Hand. Als sie achtzehn wurde, hatte sie dann Farbe im Gesicht, Muskeln angesetzt, ihr Hintern, ihre Brüste waren rund geworden, Sári, die Blume, hatte ihre Blüte geöffnet. Aber Dezső wollte sich einfach nicht beruhigen, er machte sich ständig Sorgen um Sári, ließ sie immer noch nicht arbeiten.

»Dezsi, ich hab nichts zu tun. Die Langeweile bringt mich noch um«, beschwerte sich das Mädchen.

Dann brachte er ihr Bücher aus der Stadt, manchmal drückte er sich vor der Arbeit und zog mit Sári durch die Gegend, wohin sie ihn führte. Tagelang waren sie mitunter verschwunden, dann kamen sie gut gelaunt und in fröhlicher Müdigkeit zurück.

»Eine fesche Frau ist aus ihr geworden, Bub!« lobte Dezsős Vater Sári. "Du paßt gut auf sie auf. Wann gibt's Enkel?«

»Sie würde das nicht überleben, Vati. Ich will sie nicht verlieren, nicht einmal wegen einem Kind.«

»Gut, gut, ich versteh schon. Aber ein Enkel würd mir auch mein Alter verschönern.«

Sári liebte alle Kinder abgöttisch. Und die Kinder waren ganz verrückt nach ihr, als wäre sie ein Karamelbonbon. Schon am Morgen schneiten sie beim Gartentor herein, zum Mittagessen waren sie fünf oder gar zehn. Sári las ihnen Geschichten vor, auch die größeren hörten ihr zu, sie lauschten aber trotzig, mit verschränkten Armen, an den Türstock gelehnt. Die größeren liefen lieber im Wald herum, spielten lieber Fangen oder Verstecken. Vor allem die halbwüchsigen Jungen, die im Chaos des Spiels Sári immer wieder ungestraft berühren durften. Denn sie war zu einer wunderschönen Frau geworden. Ihr langes, schwarzes Haar trug sie stets offen, ihre schwarzen Augen funkelten, ihr leichtes Schielen machte sie nur noch schöner. Viele der Jungen verzehrten sich nach ihr, viele warfen sich, von schweren Träumen geplagt, jede Nacht im Bett hin und her.

»Ich zieh hinaus auf den Úszó-Hof, Dezsi!« sagte Sári eines Abends zu ihrem Mann. Sie hatten bereits die Umarmungen hinter sich, der Mann atmete immer langsamer, war schon am Einschlafen, doch bei diesem Satz horchte er plötzlich auf.

»Was heißt, du ziehst hinaus?«

»Alleinsein ein bißchen. Das Haus steht eh immer leer, du brauchst es eh für nichts.«

»Warum willst du allein sein? Ich hab mir gedacht, dir ist auch hier schon fad.« Dezső setzte sich im Bett auf, er war plötzlich von einer eigenartigen Unruhe erfaßt. »Da draußen ist es noch fader.«

»Vielleicht. Aber ich möchte dort draußen sein. Am Morgen würde ich Wasser aus der Quelle trinken, im Wald herumstreunen, dort kenn ich mich noch nicht aus. Und manchmal könntest du mich besuchen.«

»Manchmal?«

Sie schwiegen.

»Wirklich, willst du allein dort draußen sein? Es wär gut, wenn wer bei dir wär.«

»Das will ich nicht.«

»Das ist kein Ort für Frauen! Allein! Du redest Blödsinn!" Der Mann erhob seine Stimme, um ihr klar zu machen, daß ihm die Idee nicht gefalle, ja daß er sich schon entschieden hatte: Seine Frau bleibt daheim.

Sári antwortete leise, hatte ihrem Mann den Rücken zugekehrt, sie lag auf der Seite, den Arm unter ihrem Kopf.

»Laß mich doch dort hinaus. Ich mache Ordnung rund ums Haus. Ich muß weg von hier.«

Der Mann packte am nächsten Morgen Essen auf den Pferdewagen, doch Sári hielt ihn an:

»Ich nehm nur so viel mit, wie ich tragen kann. Ich geh zu Fuß hinaus.«

»Aber du mußt doch was essen, du Dummkopf!«

Sári streichelte die Hand ihres Mannes, sein Satz war ihr kein Wort der Gegenrede wert, band sich ein kleines Bündel zusammen aus Brot, Marmelade, Wurst, von allem nur ein wenig, Dezső schüttelte den Kopf.

»Komm hinaus zu mir, wenn du die Arbeit auslassen kannst«, sagte Sári und brach auf in Richtung Úszó-Hof, dem Einödhof jenseits der Hügel, im Tal, wo die unendlichen Wälder begannen.

Sie war fast sieben Wochen fort. Ihr Mann besuchte sie nur ein einziges Mal, er wollte ihr zeigen, daß er nicht böse auf sie war. Er seufzte oft auf dem Weg zu ihr, und noch öfter auf seinem Weg nach Hause.

*

Sári suchte eines Morgens ihren Mann überall. Im Garten, im Wirtshaus, beim Nachbarn. Er war nicht zu finden. An einem Ort schaute sie nicht nach, an dem Ort, an den sie nicht gehen wollte, sie ging lieber von Haus zu Haus und erkundigte sich, ob ihn jemand gesehen hätte. Man hatte ihn gesehen. Dezső war an jenem Ort. Er war bei der Mühle. Einige hatten ihn gesehen, mit einer Axt in der Hand, entschlossen und mit finsterem Gesicht war er an ihnen vorbeigegangen. Er hatte ihren Gruß nicht erwidert, obwohl er sonst stets freundlich war, ein umgänglicher, argloser Mensch. So wie die häßlichen Menschen sind. Er war nicht schön, aber er hatte ein gutes Herz, war unkompliziert und fleißig. Keiner sah ihn jemals faulenzen, er arbeitete von morgens bis abends, deshalb kam er zu einem bescheidenen Wohlstand. Er baute sich ein schönes, großes Haus mit Ställen, einem Garten, in dem Zwetschken- und Apfelbäume blühten.

Nachdem Sári wußte, wo er war, mußte sie ihm wohl oder übel nachgehen. Sie hatte Angst, mit jedem Schritt wurde diese Angst größer, ihr schwindelte, doch an ihrem Zittern, ihrer Schwäche war für sie die sengende Sonne schuld, diese brannte unerbittlich, mit einer Wut, wie sie nur in Dezsős Seele brannte. Mit kräftigen Schwüngen schlug er auf das Mühlrad ein, es war groß und robust und schluckte regungslos die Axthiebe. Sanyi, der Müller, war ein Gadscho mit großen Kinderaugen und fleischigem Mund. Jetzt traute er sich nicht aus der Müllerstube, schaute nur immer wieder ängstlich durchs Fenster. Dann kam Sári, sie griff sich an die Brust, war der Ohnmacht nahe. Sie schlich sich zu Sanyi und flüsterte:

»Jetzt ist es aus, wir sind tot. Lauf zu deiner Mutter oder irgendwohin, lauf fort ...!« zischte sie, Zeit für Erklärungen hatte sie nicht. Sári mußte zu Dezső hinüber, sie fürchtete, er könnte sie mit Sanyi sehen. »Er erschlägt dich auch noch, wenn er dich hier sieht!«

Sári ging die Stufen auf der einen Seite des Hauses hinunter, sie wollte sich auf der anderen Seite, von unten ihrem Mann nähern, von hinten, daß er in seiner Wut nicht auf die Idee käme, auf sie einzuschlagen. Sie war eine schwache, verträumte Frau und wäre sicher auf der Stelle zusammengesunken und gestorben. Zuerst schnürte ihr der Heuduft, der von rechts herüberströmte, das Herz zusammen, dann der Geruch der zermahlenen Weizenkörner, der durch die Ritzen im Fensterstock drang. Der Duft trug die Erinnerung an schnelle Küsse und rasche Umarmungen. Im Laufen hob sie den Rock und mit einem Satz überquerte sie die kleine Holzbrücke. Und wieder blitzte es auf in ihrem Kopf, das Bild, wie Sanyi und sie sich küßten, seine Hand unter ihre Kleider glitt. Dann die Wiese, die bis Lénárddaróc hinunterreicht, die vielen Abende, die Dämmerung, das Plätschern und Gurgeln des Baches und unermüdlich und quietschend drehte sich das Mühlrad. Auch Sanyi lief davon, auf der anderen Seite der Mühle, er sprang über den Zaun, die Müllerschürze hatte er vergessen, abzulegen.

Und dann brach das erste Brett. Sári begann zu wanken, setzte sich ins Gras und beobachtete ihren Mann.

»Dezsi!« rief sie mit ersterbender Stimme.

Der Mann blickte sie für einen kurzen Augenblick an. Traurig, liebevoll, doch mit viel Wut und Schmerz. Am liebsten hätte er über Sáris Kopf gestreichelt, ihr aufgeholfen, doch er rührte sich nicht von der Stelle, schlug weiter, wollte zerstören, was ihm seit Jahren Schmach bereitete, ihn ins Unglück trieb. Und noch ein Hieb. Wieder sprang ein Splitter davon.

»Dezsi! Wenn du mich noch liebst …« klagte die Frau, aber sie hatte nicht die kleinste Spur von Kraft, sie konnte nicht aufstehen, konnte ihren Mann nicht an der Hand nehmen, konnte ihn nicht umarmen, er sollte sie umarmen mit seinen Händen und nicht mit ihnen zerstören.

»Wegen irgendwelchem Gerede machst du mir so eine Schande?« fragte sie noch, dann vergrub sei ihr Gesicht in den Händen und ihr Rücken bebte vom Weinen.

Ich lieb ihn nicht mehr, ich mag ihn nicht mehr, schrie es in ihrem Kopf, nie hab ich ihn geliebt, ich bin nur jung gewesen, und das Herz hat mir weh getan neben dir, aber nie hast du für mich ein liebes Wort gehabt. Du bist wie dein Vater!

»Du bist wie dein Vater!«

Dein böser, brutaler Vater ist genau so. Er glaubte ein Mensch ist dann gut, wenn er befiehlt wie ein Soldat. Wenn er sich benimmt wie ein Gendarm. Wer braucht schon dein Geld! Wer braucht schon dein Haus! Wer braucht schon den gescheiten Schädel von dir? Hättest du mich öfter umarmt! Hättest du mich mehr geliebt! Wärst du doch verrückt gewesen!

»Und wenn du verrückt wärst, auch dann würd ich dich lieben!«

Und wieder ein kräftiger Schlag mit der Axt. Das ganze Mühlrad vibrierte. Dann schmiß Dezső die Axt zur

Seite, hängte sich an das Mühlrad und begann es zu drehen.

»Jetzt werden wir sehen, was da drinnen steckt!«

Langsam setzte sich die hölzerne Konstruktion in Bewegung. Das Rad kam in Schwung, und drehte sich immer leichter. Es quietschte, laut, man mußte schon genau hinhören, wollte man das andere Geräusch, das es von sich gab, hören. Denn es gab noch ein anderes Geräusch, als würden kleine Steine in ihm tanzen.

»Bete, daß es nur Steine sind!« zischte Dezső.

Er wartete nicht, bis das Rad wieder stillstand. Wild schlug er mit der Axt auf das Mühlrad ein. Das Rad riß ihm die Axt aus der Hand, sie flog in den kleinen Bach, der unterhalb des Rades nicht mehr so klein war, er war tief und verschlammt. Der Mann watete ins Wasser, er mußte seinen Arm bis zur Schulter ins Wasser stecken, im Schlamm herumwühlen. Inzwischen suchten seine Augen nach den Blicken seiner Frau, sie war jedoch verschwunden. Dann hörte Dezső ein Grollen und Tosen. Zuerst wußte er nicht, was das zu bedeuten hatte. Fast zu spät schoß ihm ein: jemand hatte das Wehr geöffnet. Das herabstürzende Wasser setzte das Rad in Bewegung, es hätte ihn fast geschnappt.

Er lief zum Wehr, Sári drehte immer noch am großen Rad.

»Hör auf! Du! Also nicht ohne Grund reden alle im Dorf von dir!«

Er blieb vor seiner Frau stehen und gab ihr eine kräftige Ohrfeige. Sári stürzte zu Boden und schon schoß Blut aus ihrer Nase.

»Ich lieb dich doch, hör auf damit«, sagte sie weinend und umarmte die Beine ihres Mannes.

Dezső stieß sie grob von sich, schloß das kleine, verrostete Schleusentor wieder, ergriff ihren Arm und schleifte sie mit. Er setzte sie auf einen Baumstumpf und starrte sie mit strengen, befehlenden Augen an. Sie wußte sofort, sie durfte sich nicht von der Stelle rühren.

Er ertastete im Bachbett die Axt und fuhr mit seinem Zerstörungswerk fort. Es war anstrengende Arbeit. Stundenlang schlug er auf das hölzerne Rad ein. Sári weinte, mit blutigem Gesicht blickte sie schüchtern um sich. Sie suchte nicht nach Hilfe, sie schloß nur mit ihrem Leben ab. Wenn Dezső das Rad zerstörte, dürfte sie ohnehin nicht weiterleben. Sie musterte den Getreidespeicher, wie viel Zeit hatte sie dort mit Sanyi verbracht. Ihre schönsten Jahre hatte sie hier verlebt. Die vielen kleinen Geheimnisse, zögerlichen Freuden, die Liebe, die einzige Liebe ihres Lebens hatte hier begonnen und ging hier zu Ende. Sanyi war eines Sonntagmorgens mit Dezső nach Hause gekommen. Auf den ersten Blick gefielen sie einander. Von Sanyi hatte sie zuvor schon gehört, wie fesch, wie zuvorkommend er war. Und jung. Er stinkt nie nach Schnaps, nicht nach Schweiß, arbeitet in sauberer, weißer Kleidung, nur den feinen Duft des Mehls trägt er im Haar. Und dauernd hat er ein Lächeln im Gesicht. Als wäre die Welt in bester Ordnung. Frei war dieser Sanyi, das spürte man. Frei war nicht nur sein Herz, sein Ringfinger, frei waren auch seine Gedanken. Verschämt erinnerte sie sich, wie er küßte. Dezső hatte das nie getan.

Das letzte Mal vielleicht auf der Hochzeit, mit zusammengepreßten Lippen, einem strengen Mund.

Sári lief es kalt über den Rücken.

Und die Umarmungen. Nackt im Heuhaufen. Wie lange hatten sie einmal nach ihrem linken Schuh gesucht, das Gewand hatten sie nur so von sich geschmissen, als sie sich auszogen. Der lauwarme Heuhaufen.

»Dezsi, gehen wir doch spazieren, auf die Darócer Wiese!«

»Warum?«

»Nur so, ich möchte gerne.«

»Es gibt noch Arbeit, nächste Woche dann fahren wir mit dem Wagen hinüber, ich muß eh reden mit dem Förster, dem Jani.«

»Gehen wir jetzt! Zu Fuß! Du hast ja schon genug gearbeitet! Wie damals, als du mir noch den Hof gemacht hast ...« Sári griff nach Dezsős Hand und zog daran, zog, sie wollte jetzt gehen. Es war Sommer, ein früher Abend, die Düfte berauschten die Männer, aber mehr noch die Frauen. Sári sehnte sich nach Heuhaufen, sie wollte ihren Mann auf die Wiesen locken, ihm zeigen, ihn lehren, daß es auch eine andere Liebe gibt.

Aber ein Blick Dezsős war genug und sie hatte alle Hoffnung verloren.

Beim nächsten Mal brachte sie den Mais für die Tiere schon alleine zum Müller.

»Eine Frau auf dem Kutschbock! Wer hat denn so was schon gesehen?«, scherzten die Leute im Dorf.

Dezső freute sich und nahm sie in Schutz:

»Na, wenn sie das freut! Soll sie ruhig fahren!«

»Das wird noch ein schlimmes Ende nehmen! Der Müller ist ein fescher Bursch!«

Aber Dezső konnte man mit so was nicht ärgern, solche Sätze prallten an ihm ab. Wenn fesch, dann fesch. Er hätte nie geglaubt, daß dem Müller gerade Sári gefallen würde, schielte sie doch ein wenig; sie war dürr, nicht fürs richtige Leben geschaffen. Ein Müller braucht eine fleißige Frau, Sári ertrug die Arbeit immer nur für kurze Zeit. Und das Kutschenfahren hielt er auch für eine vorübergehende Spinnerei, einen Zeitvertreib – warum auch nicht, wenn sie Lust dazu hatte, sie langweilte sich ohnehin ständig. Eine schwache Frau, ihr kann man keine Arbeit schaffen.

Ein lauter Schlag. Auch das größere Stück der Seitenstütze brach ab.

»Gleich haben wir's, Sárilein«, zischte Dezső höhnisch.

Ein Holzsplitter fuhr ihm geradewegs ins Gesicht, aus der Wunde floß Blut. Er wischte sich ab, verlor keinen Gedanken mehr daran, schlug weiter, schlug wie im Wahn.

Sári weinte nicht mehr. Die Tränen waren auf ihren Wangen getrocknet, ernst, in unerschütterlicher Ruhe beobachtete Sári, was um sie geschah. So hatte sie alles hier noch nie gesehen. So wirklich, so scharf, die Dinge so sehr ihrer Bestimmung entsprechend: den Nußbaum, einen Tisch aus Stümpfen und zwei Brettern, eine Bank, am Ende des Gartens die leere Hundehütte. Das Fenster zu Sanyis Zimmer, es war klein, dreckig, es war finster, kalt, angsteinflößend, sie verstand nicht mehr, wie sie sich in diesem Zimmer ausziehen hatte können, wie sie sich ins Bett hatte legen können, wie sie dort lieben konnte. Doch wenn Sanyi zu singen begann, war alles anders. Wie er an der Schleuse stand, ihr den Rücken zugewandt. Von der Schleuse aus konnte man die Blumen auf dem Schindanger sehen und die fernen blauen Berge, die Weide war laut vom Bienengesumm, die Sonne schien den ganzen Tag, von morgens bis abends.

Dann kamen die Leute aus dem Dorf. Zuerst die Frauen, später die Männer, alle standen sie auf der kleinen Holzbrücke, näher trauten sie sich nicht, von der Brücke beobachteten sie, wie Dezső sich mit dem Mühlrad plagte, beobachteten Sári, die mit reinem Gesicht ein wenig von ihrem Mann entfernt saß und niemanden anblickte, keine Freundinnen und auch keinen Nachbarn. Sie blieb allein.

Zuerst schauten sie stumm zu, dann redeten sie und schließlich kommentierten sie laut die Szene. Die Frauen bekrittelten eher den Mann, warum glaubte er Gerüchten, warum quälte er seine zerbrechliche Frau, war sie denn keine gute Gattin, hatte er sich jemals beklagen müssen? Vernachlässigte sie denn die Arbeit, hat sie denn nicht das Haus zusammengehalten? Und sogar einige Männer nickten: so ist es, warum die Ehe zerstören? Wegen ein paar alter Tratschweiber?

»Du hast deine Frau ja immer nur gequält. Sie hat von dir nie ein liebes Wort gehört! Du müßtest sie auf Knien um Verzeihung bitten, du Hund!«

Die Jüngeren redeten Dezső zu:

»Hau dieses Rad in Splitter! Wenn nichts drinnen ist, dann muß keiner was fürchten. Wenn was drinnen ist, dann ist es höchste Zeit, daß es zum Vorschein kommt! Mit solchen Lügen kann man nicht leben!«

»So ist es, du kleine, nichtsnutzige Hur'! Jetzt werdet ihr es auch sehen!« Die geschwätzige Alte war angekommen, sie saß immer nur im Wirtshaus, war nie nüchtern und hatte Dezső mit ihren bösen Schwafeleien berauscht.

Die Frauen spuckten ihr verächtlich entgegen, sie fuchtelte mit dem Stock, ohne ihn konnte sie keinen Schritt mehr tun.

»Alle werdet ihr verrecken! Lauter Schlampen und Hurenböcke, zu meiner Zeit hat man solchen Weibern die Haare abrasiert, sie angezündet, ins Wasser geschmissen!«

»Verschwind, du alte Hexe«, damit wurde sie vertrieben. Die alte Frau schrie sie noch lange aus sicherer Entfernung an, dann schlurfte sie davon, fast friedlich, vielleicht grüßte sie auch jeden freundlich, der ihr auf dem Weg begegnete.

Dezső wurde müde. Den äußeren Teil des Rades hat er schon fast zerlegt, das war aber erst die Hälfte der Arbeit.

Der Sodakutscher trat zu Dezső hin, er war ein kräftiger, griesgrämiger Mensch, er hatte seine Axt mitgebracht. Er blickte Dezső an, ob er ihm helfen dürfe. Der Sodakutscher war ein Nachbar, nicht einer von jenen, die viel redeten, bei der Arbeit aber hatten sie einander stets geholfen. Auch seine Ehe war schlecht, seine Frau betrog ihn, das wußten alle im Dorf. Dezső nickte, dann schlugen sie zu zweit auf das Mühlrad ein.

Jetzt ging die Arbeit geschwinder. Nach wenigen Minuten fiel das Rad auseinander. Sie zwängten die kleinen Schaufeln herunter, das innere, hohle Rad war an der Reihe, noch ein paar Schläge und das Rad stürzte, rollte hinunter in den Bach.

Sie verschnauften eine Weile, keiner wagte, das Rad zu untersuchen. Der Sodakutscher faßte sich schließlich ein Herz, machte schon einen Schritt, doch Dezső hielt ihn zurück, das sei jetzt seine Sache. Kraftlos ließ er die Axt zu Boden fallen, schluckte einmal und watete ins Wasser. Er wandte den Leuten den Rücken zu, sie sahen nicht, ob er etwas gefunden hatte.

»Na, was ist?«

»Hat es sich ausgezahlt?«

Dezső suchte nicht lange, er hielt etwas Weißes in den Händen und stieg aus dem Bach. Auch aus der Ferne konnte man sehen: der Mann zitterte am ganzen Leib. Er nahm die Axt wieder in die Hand und trat vor Sári hin, die ihm würdevoll, mit erhobenem Kopf in die Augen sah.

»Von wem war es?«, fragte Dezső mit gebrochener Stimme.

Sári antwortete nicht.

Der Mann hob die Axt hoch über seinen Kopf, das weiße Etwas kullerte ihm aus den Händen. Es waren kleine Knochen, nackt, als hätte man sie abgeschmirgelt. Keiner hätte gedacht, daß es die Knochen eines Neugeborenen waren.

Die Axt fuhr durch die Luft, die Frauen kreischten, und auch der Sodakutscher konnte Dezsős Arm nicht mehr rechtzeitig erwischen.